Felix Mitterer

AN DEN RAND DES DORFES

Felix Mitterer

AN DEN RAND DES DORFES

HAYMONverlag

1. Auflage 2014 (Broschürte Neuauflage der 1981 bei
Jugend und Volk Wien erschienenen Originalausgabe)

ISBN 978-3-7099-7151-2

Einband nach einem Foto von Felix Mitterer

Satz: Wiener Verlag

Inhalt

Inventur

Ein Weihwasserbehälter aus Plastik, mit Relief, den Heiligen Dominikus darstellend. Ein Kasten für das Feuerholz; darauf: zwei Spülmittelflaschen; ein kleiner Plastikkübel für Speiseabfälle; ein benutzter Teller; ein Löffel; ein Topf mit einem Rest Milchreis. Ein blumenverziertes Salzbecken aus Steingut. Ein Herd, elektrisch und mit Holz beheizbar; darauf: ein Topf mit dampfendem Wasser; an der Herdstange hängend ein Schürhaken und ein Geschirrhangerl; über dem Herd eine eingeschaltete Lampe ohne Schirm; unter dem Herd Holzspäne zum Feuermachen und ein Paar hohe, gefütterte Winterschuhe. Ein Waschbecken aus Zinkblech mit Kaltwasserhahn; darüber ein an den Rändern teilweise blinder Spiegel und Toilette-Utensilien; daneben an einem Nagel zwei zerschlissene Handtücher. Ein brauner Wandteppich, einen röhrenden Hirschen und zwei Rehe auf einer Waldlichtung darstellend. Ein Kühlschrank; darauf: eine leere Weinflasche; eine halbvolle Flasche Himbeersaft; ein Topf; mehrere Gläser. Ein Muttergotteswinkel mit einem Muttergottesmarterl aus Holz; rechts davon eine kleinere, weiße Plastikmuttergottes, in der Dunkelheit leuchtend; im schwarzen Sockel befindet sich ein Auge, gegen das Licht haltend und hineinschauend, sieht man ein winziges Dia des Wallfahrtsortes Maria Taferl. Ein Fenster mit geblümten Vorhängen, diese geschlossen. Ein Radio; auf ihm ein geblümtes, weißes Spitzentuch; darauf stehend eine Wachskerze mit eingegossenem, dreidimensional erscheinendem Bild, darstellend zwei auf Kamelen reitende Wüstenbewohner. Ein Plattenspie-

7

ler aus der Nachkriegszeit; darauf liegend drei verstaubte Langspielplatten; Titel: Das ist Tirol; Grüße aus Tirol (Musical Greetings from Tyrol); Die kreuzfidelen Oberkrainer. Ein Herrgottswinkel mit Kruzifix; dahintersteckend einige Palmkätzchenzweige; darunter ein Strohblumensträußlein; links und rechts zwei kleine Engel aus Plastik, zugleich als Kerzenhalter dienend. Ein Bilddruck mit der Aufschrift: *Bewahret einander vor Herzeleid – kurz ist die Zeit, die Ihr beisammen seid.* Eine Wanduhr aus Schmiedeeisen mit verschnörkelten Zeigern. Ein gerahmtes Foto, darauf abgebildet ein ernst blickender junger Mann, in deutscher Wehrmachtsuniform, vor einer Haustür stehend, auf der mit Kreide die Zeichen K + M + B aufgemalt sind. Ein gerahmtes Andenkenbild; darauf Foto einer streng blickenden alten Frau mit Gretelfrisur (um den Kopf gerankte Zöpfe); Text: *Christliches Andenken an unsere liebe Mutter, Großmutter und Urgroßmutter, Frau Katharina Sailer, Hausbesitzerin in Zell am Ziller, welche am 3. September 1970 nach langem, schwerem Leiden, versehen mit den hl. Sterbesakramenten, im Alter von 84 Jahren verstorben ist. Sie ruhe in Frieden! Kinder, auch ich muß Euch verlassen / Und folgen Eurem Vater nach, / Auch Ihr werdet reisen diese Straßen / Durch des Lebens Ungemach. / In Gottes Ratschluß sich ergeben, / Der Glaube lehrt ein Wiederseh'n, / Friede führt dem Himmel zu, / Mir aber gönnt die ewige Ruh'.* Ein weiteres gerahmtes Andenkenbild; darauf Foto eines freundlich blickenden alten Mannes mit weißem Schnurrbart; Text: *Christliches Andenken an meinen lieben Gatten, unseren guten Vater und Pflegevater, Herrn Michael Kogler, welcher am 10. November 1976 nach längerem, schwerem Leiden, versehen mit den hl. Sterbesakramenten, im 82. Le-*

*bensjahr selig im Herrn verschied. Viel zu früh uns
noch Dein Tod, / Doch bist Du befreit vom Leiden, /
Befreit von jeder Erdennot.* Eine gerahmte Ehrenurkunde; Text: *Ehrenurkunde für Herrn Michael Kogler,
Musikkapelle Kirchberg. Der Landesverband der Tiroler Blasmusikkapellen hat der Landesregierung zur
Kenntnis gebracht, daß Sie durch mehr als 60 Jahre
einer Blasmusik angehören. Für dieses vieljährige ge-
meinnützige Wirken im Dienste der Heimat spreche
ich Ihnen Dank und Anerkennung aus. Innsbruck,
am 22. November 1970. Der Landeshauptmann von
Tirol, Wallnöfer (eigenhändig).* Ein gerahmtes Foto;
darauf abgebildet ein freundlich blickender, etwa fünf-
jähriger Junge, bekleidet mit Lederhose und Tirolerhüt-
chen. Ein Kalender des Verlages für Mund- und Fußma-
lerei; zu sehen ist die Woche vom 20. bis 26. März 1978
und Bild eines Kükens mit Ostereiern und Blumen. Eine
Eckbank mit rotem Plastiküberzug; in der Ecke aufgesta-
pelt bestickte Pölster. Ein Tisch mit rot-weiß karierter
Plastikdecke; darauf: eine Schale mit Bananen und Oran-
gen; ein geöffnetes Brillenetui; ein Kitzbüheler Anzeiger
– Wochenblatt für den Bezirk Kitzbühel, vom Samstag,
25. März 1978; über dem Tisch eine ausgeschaltete
Lampe mit blaugeblümtem Glasschirm. Zwei Stühle mit
Sitzpölstern. Ein Fenster mit geblümten Vorhängen,
diese geschlossen; auf dem Sims: eine Flasche Substral-
Pflanzennahrung; ein Paket Spielkarten; eine Packung
Vogelfutter; eine Dose Vogelpulver – gegen alles Unge-
ziefer. Eine braune Kommode; darauf: fünf Blumen-
stöcke; ein Käfig mit zwei japanischen Ziervögeln, einer
davon fast federlos. Eine Kredenz; auf deren Oberteil:
eine Zuckerdose; eine Kaffeedose; eine Filterschachtel;
ein Raumspray; eine Flasche mit angesetzten Arnikablü-
ten; auf deren Unterteil: ein geblümter Brotkasten; ein

Strickzeug; ein Paar graue Wollhandschuhe; eine Flasche Diana mit Menthol; eine Dose Tiroler Steinöl-Haussalbe; ein Dutzend Schachteln mit Tabletten und Tinkturen; ein weißer Plastikbehälter zum Einlegen der Zähne; eine Packung Kukident 2-Phasen-Schnellreiniger; eine Tiroler Tageszeitung vom Samstag, 25. März 1978; ein Rupertus-blatt – Kirchenzeitung der Erzdiözese Salzburg vom Palmsonntag, 19. März 1978; eine FREIZEIT REVUE – Die große Zeitschrift für die Frau, vom 9. März 1978, Titelbild: Farah Diba, Text: *Traumhafte Farbfotos – Farah Diba in Indien / Das ist unglaublich: Morddrohungen gegen eine wehrlose Katze / Arme Margaret – wird sie von Roddy nur ausgenutzt? / Mode: Der Petticoat kommt wieder;* eine FREIZEIT REVUE vom 24. Juni 1976, Titelbild: König Carl XVI. Gustaf von Schweden und die deutsche Bürgerstochter Silvia Sommerlath, Text: *Aktuell! – Die Hochzeit des Jahrhunderts!;* drei Heftromane, Titel: *Dem Wilderer auf der Spur (Herzen, hart wie die Felsen), Tragödie um einen Steinbock (Jagdleidenschaft zerstörte ein Leben), Das Geheimnis der schönen Arztfrau (Wird sie es Dr. Frank anvertrauen?);* zwei Rätselhefte; ein Kreuzworträtsellexikon; ein Busreisenprospekt; ein Quelle-Katalog; ein Blumenversandkatalog. Zwischen Glas und Rahmen des Kredenzoberteiles sind eingeklemmt: eine Ansichtskarte mit Abendstimmung in der ALAM-KUH-TAKAHT-E-SULEIMAN-Gruppe (4840 m), Zentralelbrus, Iran; Stempelaufdruck: *Wir danken allen Gönnern, Freunden und Förderern und grüßen herzlichst aus dem Arbeitsgebiet, Iran-Rundfahrt 1975* – zwei Unterschriften; mehrere Karten mit Ostergrüßen, zum Beispiel: *Ein schönes gesegnetes Osterfest wünscht Dir von ganzem Herzen Familie Klotz. Wir danken Dir für die Karte und wünschen recht gute Besse-*

rung. – Wie geht es Dir mit dem Holz, hast Du noch
etwas aufgearbeitet? Neues gibt es nicht viel bei uns.
Siegfried fängt an zu bauen und Seppi wird heiraten,
da sind wir halt wieder allein. Aber es geht allen so. –
Vielleicht komme ich einmal. Viele Grüße, Deine
Traudl. ... wünscht Dir Kathi. Daß Dir Michael
abgeht, das kann ich Dir sehr gut nachfühlen, auch
mir geht es nicht anders, seit mein Robert die Augen
zugemacht hat. Aber Dein Mann hat ja so viel leiden
müssen, vergönne ihm die Erlösung. Aber wenn man
niemanden mehr hat, ist es schlecht, weiß schon. Liebe
Grüße. – ... wünscht Dir von Herzen Sylvia mit
recht viel Freude und Frieden. Jetzt haben wir wieder
den Großputz im ganzen Hause und am Donnerstag
muß ich in den Pfarrhof gehen, Kelche putzen. Viele
Grüße.; weiters sind eingeklemmt: ein Postautofahrplan;
ein ausgefülltes Konsum-Preisausschreiben, zu gewinnen drei Kaffeeservice; ein Postanweisungsabschnitt der
Pensionsversicherungsanstalt der Arbeiter, datiert vom
1. März 1978, über 3.029,20 öS. Ein eingeschaltetes
Schwarzweiß-Fernsehgerät; Titel der Sendung: Das
Schönste aus Musik ist Trumpf – Die Höhepunkte Ihres
Fernsehwunschkonzertes, präsentiert von Peter Franken-
feld; folgende Lieder werden vorgetragen: *Frühling in*
Wien; Heut kumman d'Engerln auf Urlaub noch
Wean; Wien, Wien, nur du allein; Tennessee-Waltz;
Bonanza; Wenn die Sonne scheint in Texas; Für mich
soll's rote Rosen regnen; Ganz ohne Männer geht die
Chose nicht; Liebling, mein Herz läßt dich grüßen;
Eine Nacht in Monte Carlo; So schön wie heut'; Zeig
mir den Platz an der Sonne; Steig in das Traumboot
der Liebe; Ganz Paris träumt von der Liebe; Das ist
der Zauber von Paris; Das ist der Pariser Tango; Hier
ist ein Mensch; Die kleine Kneipe; So richtig nett ist's

nur im Bett; Powidltatschkerln aus der schönen Tschechoslowakei; Wie Böhmen noch bei Österreich war; Ich hab' im Traum getanzt heut' nacht; Mit 'nem kleen' Stück vom Glück; 's ist mal bei mir so Sitte; Glücklich ist, wer vergißt, was doch nicht zu ändern ist.

Du weißt ja gar nicht, wie gut du es hast!

Schon während der Mann seine rechte Hand aus-
streckte und ihre Brüste berührte, hatte die Frau wieder
das Gefühl, etwas Wichtiges vergessen zu haben.

Als der Mann dann über ihr lag, fiel es ihr plötzlich
ein: Die Herdplatte! Sie hatte vergessen, die Herdplatte
auszuschalten! Und ein leerer Topf stand darauf!

Die Frau rüttelte an der Schulter des Mannes und
sagte: »Du! Du, sei mir nicht böse, aber ich glaube, die
Herdplatte ist noch eingeschaltet. Du! Hörst du nicht?«

Der Mann hielt inne und sah sie verblüfft an: »Herdplatte? Die Herdplatte? Die Herdplatte?? Du, du denkst
an Herdplatten, während ich mit dir schlafe? Du denkst
dabei an Herdplatten?« Er wälzte sich von ihr herunter
und auf seine Seite hinüber. Die Frau sprang auf und lief
in die Küche. Die Herdplatte war nicht eingeschaltet.
Eine Zeitlang blieb die Frau in der Küche und hatte
Angst, ins Schlafzimmer zurückzukehren.

Als sie dann wieder hineinging, lag der Mann mit
dem Gesicht zur Wand, die Decke fast über den Kopf
gezogen.

»Es tut mir leid«, sagte die Frau. »Es tut mir wirklich
leid. Entschuldige. Ich konnte einfach an nichts anderes
denken. Ich war ganz sicher, daß die Platte noch eingeschaltet ist.«

Der Mann reagierte nicht. Sie kroch zu ihm hinüber
und küßte ihn auf die Wange. »Komm. Bitte. Komm. Sei
doch nicht so. Es tut mir wirklich leid. Glaub mir.« Sie
fuhr mit der Hand unter die Decke und strich über die
Hüfte des Mannes.

»Laß mich in Ruh!« sagte er. Und schob ihre Hand weg.

Die Frau legte sich nieder. Kurz bevor sie einschlief, merkte sie, daß der Mann begann, sich selbst zu befriedigen. Dann weinte er leise, wie ein Kind. Und zündete sich im Dunkeln eine Zigarette an.

Die Frau schämte sich, daß sie so wenig Mitleid verspürte. Der Mann erschien ihr als ein vollkommen fremdes Wesen.

Am Morgen wurde wie sonst auch kaum etwas gesprochen. Der Mann nahm die beiden Kinder mit dem Auto in die Schule mit und fuhr dann zu seinem Arbeitsplatz. Die Frau spülte ab und machte die Betten.

Währenddessen fühlte sie die Monatsblutung einsetzen, und sofort bekam sie starke Schmerzen. Nachdem sie einen Tampon eingeführt hatte, ging sie zur Haltestelle hinunter und wartete auf den Bus zum Supermarkt. Während der Fahrt nahm sie nicht Platz, sondern blieb stehen und trat nervös von einem Bein auf das andere.

Auf einmal fiel ihr ein, daß sie vergessen hatte, die Herdplatte abzuschalten, und es kam ihr so vor, als hätte sie die Spülmittelflasche daraufgestellt. An der nächsten Haltestelle stieg die Frau aus und lief zurück.

Als sie atemlos die Wohnungstür aufschloß, glaubte sie, geschmolzenen Kunststoff zu riechen. Es war aber nichts.

Die Frau setzte sich erschöpft einen Moment hin, dann verließ sie wieder die Wohnung und fuhr mit dem nächsten Bus zum Supermarkt.

Unterwegs dachte sie an die Kinder. Sie dachte daran, wie schrecklich es wäre, wenn beide von einem Auto zu Tode gefahren würden. Die Frau hatte sich das schon öfter vorzustellen versucht. Aber es erschien ihr unvorstellbar. Manchmal versuchte sich die Frau auch vorzustellen, wie das wäre, wenn der Mann eines Abends nicht mehr nach Hause käme. Auch das erschien ihr unvorstellbar. Und doch sah sie abends oft nach der Uhr und bekam Herzklopfen dabei.

Als die Frau mit schweren Taschen vom Einkauf zurückgekehrt war, reinigte sie die Fußböden der Wohnung. Seit einiger Zeit ergriff sie ein starker Ekel vor dem Geruch der Haushaltsreinigungsmittel. Früher hatte sie diesen Geruch als angenehm empfunden, obwohl er es, objektiv betrachtet, sicher nicht war. Sie verband jedoch den scharfen Salmiakgeruch mit Sauberkeit und liebte ihn deswegen. Nun aber mußte sie manchmal die Luft anhalten und schnell ans offene Fenster gehen, weil das Würgen im Hals überhand nahm.

Nach dem Wohnungsputz bereitete die Frau das Essen für die Kinder zu. Der Mann konnte mittags nicht nach Hause kommen, weil der Weg von der Stadt heraus zu weit war.

Als die Kinder kamen, freute sich die Frau und küßte und umarmte sie mit ungewohnter Zärtlichkeit, sodaß die beiden sich erstaunt ansahen. Nachdem die Kinder gegessen hatten, fuhren sie mit dem Bus zu Freunden und die Frau fühlte sich sehr allein. Sie hatte starke Kopfschmerzen und auch Fieber und wollte sich hinlegen, aber es gelang ihr nicht, die Augen zu schließen, so unruhig war sie. Und es hätte so viel zu tun gegeben. Strümpfe der Kinder wären zu flicken gewesen und ein Berg Wäsche zu bügeln. Untätig saß die Frau im Wohnzimmer, blätterte in Illustrierten, rauchte ununterbrochen und lief alle fünf Minuten in die Küche, um nachzusehen, ob die Herdplatten ausgeschaltet seien.

Manchmal schaute sie auch zum Fenster hinaus, auf die schönen, geradlinigen Grünflächen hinunter, mit den betonierten Gehwegen dazwischen. Kein Mensch war zu sehen. Ein gleichförmiges Hochhaus reihte sich an das andere. Weiter hinten, auf dem betonierten Kinderspielplatz, der von hohen Drahtgattern eingezäunt war, sah die Frau einige Kinder wie sinnlos herumlaufen. Es drang kein Laut bis hierher.

Die Frau überlegte, ob sie ihre Nachbarin aufsuchen solle. Vor drei Monaten war dieses Haus bezogen worden, und die Frau hatte sich schon ein paarmal mit der Absicht getragen, die Nachbarin aufzusuchen. Aber sie getraute sich nicht. Worüber hätte sie sprechen sollen? Wie hätte sie ihren Besuch rechtfertigen können? Man traf sich manchmal im Treppenhaus oder im Lift, grüßte sich auch freundlich, aber nie hatte die Frau den Mut aufgebracht, die Nachbarin in ein längeres Gespräch zu verwickeln.

Die Frau dachte nach. Dann nahm sie eine Tasse, trat auf den Gang hinaus und ging auf die gegenüberliegende Wohnung zu. Zögernd hob sie die Hand zur Klingeltaste, wollte sich schon wieder abwenden und drückte dann doch darauf.

Gleich erschien ein Auge im Sehloch und die Tür wurde geöffnet. »Ja, bitte?« fragte die Nachbarin und lächelte.

»Entschuldigen Sie bitte die Störung«, sagte die Frau. »Ich ... Wenn Sie so gut sein möchten ... Ich bräuchte ... Können Sie mir....« Sie hob die Tasse hoch. »Ich habe nämlich keinen Zucker mehr.«

»Aber natürlich, ja!« sagte die Nachbarin. »Kommen Sie herein! Kommen Sie nur herein!«

Die Frau trat ein und fing gleich in einem regelrechten Wortschwall zu reden, zu erzählen an, was ihr gerade einfiel. Sie wurde von einer hektischen Fröhlichkeit ergriffen, und der Nachbarin schien es ebenso zu ergehen. Beide redeten wild aufeinander los und faßten sich gegenseitig an die Schulter und klopften sich auf die Handrücken.

Plötzlich aber durchfuhr die Frau ein furchtbarer Schreck und sie sagte: »Oh Gott, oh Gott, bei mir drüben steht ein Topf mit Milch auf der Herdplatte!« und verabschiedete sich schnell und eilte in ihre Wohnung zurück.

Die Herdplatte war nicht eingeschaltet und kein Topf mit Milch stand darauf. Es läutete an der Tür, die Frau öffnete und die Nachbarin hielt ihr die Tasse entgegen: »Ihr Zucker. Sie brauchen ja den Zucker.«

»Ach ja, der Zucker«, sagte die Frau. »Ja, dankeschön. Vielen Dank.«

»Wollen Sie nicht mit mir Kaffee trinken?« fragte die Nachbarin. »Ich habe auch Kuchen da.«

»Das ist lieb von Ihnen«, sagte die Frau. »Aber jetzt ... im Moment ... Ich meine, jetzt habe ich gerade ... Ich muß nämlich bügeln. Ich muß endlich bügeln. Wissen Sie. Ich habe so eine Menge zu bügeln. Vielleicht morgen. Ja?«

»Gut«, meinte die Nachbarin, »machen wir's morgen. Morgen ist auch noch ein Tag. Wiedersehen!« Sie drückte der Frau die Hand. »Hat mich gefreut, Sie kennenzulernen.«

Als die Nachbarin gegangen war, setzte sich die Frau auf einen Stuhl in der Küche und legte den Kopf auf die kühle Tischplatte und streckte die Arme aus und weinte.

Dann läutete es wieder an der Tür. Es waren die Kinder. Die Frau sprach mit abgewandtem Gesicht zu ihnen, um zu verbergen, daß sie geweint hatte. Sie machte den Kindern eine Jause und schickte sie nachher in ihr Zimmer. Die Frau begann zu bügeln. Plötzlich lauschte sie angestrengt und weil sie nichts hörte, fing ihr Herz wieder stark zu klopfen an. Sie ging zum Kinderzimmer und sah vor sich die Kinder tot am Boden liegen. Mit einem Schrei öffnete sie die Tür und die Kinder schauten erstaunt von ihren Heften auf.

»Es ist nichts«, sagte die Frau. »Es ist nichts. Laßt euch nicht stören.« Und lief schnell zurück, in der Meinung, sie habe das Bügeleisen auf dem Leintuch stehenlassen und alles werde gleich zu brennen beginnen. Das Bügeleisen befand sich aber auf dem Raster, und die Frau schluchzte und lief in die Küche und drehte hastig mit zitternden Fingern die Schalter des Herdes herum, immer wieder, immer wieder, bis sie alle auf Null standen, wie zuvor auch. »Das Abendessen!« sagte sie und ging aufgeregt in der Küche umher, während über ihr Gesicht Tränen rannen. »Das Abendessen.« Und holte Geschirr heraus und Töpfe und Pfannen und Lebensmittel und wußte nicht, wohin damit, und warf alles zu Boden und begann hysterisch zu schreien und mit den Händen gegen die Wand zu schlagen.

Die Kinder kamen aus ihrem Zimmer und fragten, was denn los sei, und blickten erstaunt auf die Scherben am Boden.

»Oh Gott!« flüsterte die Frau. »Oh, mein Gott! Ich kann nicht mehr! Ich kann nicht mehr!«

Die Kinder standen ratlos da und wußten nicht, was tun. Schließlich machten sie sich daran, die Scherben aufzuheben und die Lebensmittel einzusammeln, während die Frau ins Klo ging und sich dort einschloß.

Als die Kinder aufgeräumt hatten, rüttelten sie an der Klotür und fragten immer wieder, was denn los sei und riefen: »Komm doch heraus, Mama! Komm doch heraus!«

Die Kinder fingen zu weinen an und dann kam die Frau auch heraus und war sehr blaß und sagte: »Ist schon gut. Ist schon gut. Ist schon vorbei.« Und küßte die Kinder. »Erzählt bitte Papa nichts davon. Ja?« Die Kinder nickten ernst. »Gut. Ich muß jetzt das Abendessen machen. Papa kommt bald. Ihr könnt ja inzwischen fernsehen, wenn ihr wollt.« Die Kinder setzten sich vor den Fernsehapparat, und die Frau bereitete das Abendessen zu. Der Schmerz im Kopf war fast unerträglich geworden. Sie nahm zwei Aspirin.

Dann kam der Mann nach Hause. Er schaute in die Küche und sagte: »Grüß dich!« Und während er die bequeme Strickjacke und die Pantoffeln anzog: »Gott, das war wieder ein Tag heute! Lang schaff' ich das nicht mehr! Ist das Abendessen noch nicht fertig? Zu Mittag war wieder einmal nur für eine Wurstsemmel Zeit. Und da soll man keine Magengeschwüre bekommen!«

»Kommt gleich«, sagte die Frau. »Ist gleich fertig.«

Der Mann ging ins Wohnzimmer, begrüßte die Kinder und setzte sich zu ihnen. Während er in den Fernseher starrte, rief er: »Du weißt ja gar nicht, wie gut du es hast! So als Hausfrau. Kein Chef, der dich hetzt, kein Streß, kein Konkurrenzkampf, nichts! Nichts!«

Die Frau gab keine Antwort und der Mann erwartete das auch nicht, denn eben begannen die Sportnachrichten. Dann brachte die Frau das Abendessen. Sie selbst aß nichts. Nach ein paar Bissen legte der Mann Messer und Gabel weg und schob den Teller von sich. Auch die Kinder hörten zu essen auf.

Der Mann sah die Frau an, die mit gesenktem Blick dasaß. »Was denkst du dir eigentlich? Was? Glaubst du, du kannst mir so einen Fraß vorsetzen? Hörst du nichts? Ich rede mit dir!«

Die Frau schreckte auf: »Was? Wie? Was ist denn? Was hast du denn?« Das Gesicht des Mannes wurde rot vor Wut. »Ich habe gesagt, daß das hier ein Scheißfraß ist und daß ich mir so was nicht vorsetzen lasse! Glaubst du, ich arbeite den ganzen Tag wie ein Vieh, damit ich mir dann so einen Fraß vorsetzen lassen muß?«

»Ja, warum, was ist denn damit?« fragte die Frau. »Was fehlt denn?« Und: »Oh, entschuldige bitte!« Und rannte in die Küche, weil sie glaubte, sie habe vergessen, die Herdplatte abzustellen.

Der Mann blies die Luft aus vollen Backen, schüttelte den Kopf und rief: »Los, bring uns was anderes! Wurst oder irgend so was! Wird wohl was da sein. Oder trägst du das ganze Wirtschaftsgeld zum Friseur oder wie? Und ein Bier! Ein Bier möchte ich!«

Die Frau räumte das Essen weg und brachte Wurst, Käse und Brot, dem Mann ein Bier und den Kindern Limonade. Dann ging sie wieder in die Küche und blieb dort sitzen, bis der Mann und die Kinder mit dem Essen fertig waren.

Ein ziehender Schmerz kroch vom Rückenende zur Hüfte, krampfte ihre Bauchmuskeln zusammen. Schwankend stand sie auf, räumte das Geschirr weg, schickte die Kinder ins Bad und dann zu Bett. Der Mann verlangte noch ein Bier.

Nachdem die Frau abgespült hatte, stand sie eine Zeitlang in der Wohnzimmertür und beobachtete den Mann. Er spürte ihren Blick nicht. Hockte da, im Halbdunkel, breit und schwer, wie ein Ungeheuer.

Als die Zeittafel auf dem Fernsehschirm erschien und es einen Moment ganz still war, hörte sie überlaut das Bier durch seine Kehle rinnen. Die Frau ging zu den Kindern, küßte sie und wünschte ihnen eine gute Nacht.

Dann ließ sie ein Bad ein, zog sich aus und entfernte den Tampon. Am Waschbecken machte sie ihre Haare naß, holte den Fön aus dem Kasten, steckte ihn an und setzte sich in die Wanne. Sie schaltete den Fön ein und begann ihre Haare zu trocknen. Die Frau dachte an nichts. Nur etwas Trauer verspürte sie und ein wenig Sehnsucht. Langsam glitt der Fön aus ihrer Hand und tauchte ins Wasser. Der Mann glaubte zuerst, als er den Schrei hörte, dieser komme aus dem Fernsehapparat.

Christines Schoß

Morgens gegen fünf Uhr wacht Christine auf. Sie liegt allein im Kreißsaal, an der Decke brennt nur das Nachtlicht. Christines Beine sind noch hochgeschnallt, sie hat starke Schmerzen, und es gelingt ihr nicht den Kopf anzuheben. Auf ihrem Bauch spürt sie etwas Schweres, und sie greift danach. Es ist ein Sandsack. Christine bekommt Angst.

Warum lassen die mich allein?, denkt sie. Sicher muß ich sterben und mein Kind ist auch tot.

Sie beginnt nach der Schwester zu rufen. Immer lauter und ängstlicher. Endlich kommt eine junge Schwester herein. »Lebt es?« fragt Christine. Die Schwester weiß nicht Bescheid, erkundigt sich nach Christines Namen und kehrt bald mit der Nachricht zurück, es sei ein Mädchen und es gehe ihm gut.

Christine lacht froh und erleichtert auf. Sie bittet dann die Schwester, ihr die Beine aus den Halterungen zu nehmen und ihr auch ein frisches Nachthemd anzuziehen, denn sie sei so verschwitzt.

Die Schwester befreit Christines Beine, nimmt das Leintuch herunter und sagt: »Mein Gott, da ist ja alles voll Blut!« Sie schaltet das große Licht ein und Christine sieht, daß das Leintuch von Blut durchtränkt ist. Ihr ganzer Rücken ist voll Blut, am Hinterkopf, in den Ohren, alles voll Blut.

Die Schwester bindet den Sandsack von Christines Bauch, nimmt das blutige Leintuch unter ihr weg, zieht ihr das Nachthemd aus, wäscht sie. Dann bringt sie zwei Leintücher und ein frisches Nachthemd.

Christine fragt, was nun weiter geschehe, die Schwester antwortet, sie wisse es nicht, Christine solle einstweilen hier liegenbleiben. Nachdem Christine angezogen und zugedeckt ist, wendet sich die Schwester zum Gehen. Christine ruft ihr nach, ob sie nicht etwas zum Essen und Trinken haben könne, aber die Schwester sagt, das sei nicht möglich und vertröstet sie auf später.

Christine ist wieder allein. Sie betrachtet die weißen Kacheln an den Wänden, und es fällt ihr die Frau ein, die gestern im Abteil neben ihr gelegen war. Christine empfand ihre Schreie durch den Schleier der eigenen Schmerzen manchmal wie das Geräusch einer Kreissäge.

Einmal hörte sie die Hebamme zu der Frau sagen: »Jetzt machen Sie doch nicht so ein Theater! Schließlich ist es ja nicht Ihr erstes. Nach dem fünftenmal müßten Sie es eigentlich gewöhnt sein!«

Da begann die Frau zu schimpfen, daß sie sich nie daran gewöhnen werde, und am liebsten möchte sie heimgehen und ihren Mann erschlagen. Sie habe ihm ausdrücklich klargemacht, daß sie keines mehr wolle, aber wieder habe er nicht aufgepaßt, dieses Schwein. Als die Frau sich vom Tisch erhob, ihre Kleider verlangte und sagte, es sei ihr egal, wenn sie das Kind verliere, drückte die Hebamme sie wütend nieder und die Schwester gab ihr eine Spritze, worauf sie sich bald beruhigte.

Das war so um drei Uhr nachmittags, und Christines Wehen kamen schon alle vier, fünf Minuten. Gegen elf, als plötzlich die Wehen eingesetzt hatten, war Christines Mann mit ihr in die Klinik gefahren. Christine hatte der Hebamme gleich erzählt, daß ihr erstes Kind eine überstürzte Geburt gewesen sei und sich eine Kopfblutgeschwulst zugezogen habe. Die Hebamme hatte darauf gesagt, Christine brauche keine Angst zu haben, man werde schon achtgeben.

Christine war den ganzen Nachmittag über sehr brav, atmete ruhig und tief durch, so wie sie es gelernt hatte, und gab keinen Laut von sich, obwohl sie manchmal glaubte, es zerreiße ihr den Bauch.

Als das Kind um acht Uhr abends noch immer nicht da war, erhielt Christine eine Spritze, die den Geburtsvorgang beschleunigen sollte.

Nach kaum zehn Minuten fühlte Christine das Kind kommen. Sie schrie laut um Hilfe, und Hebamme und Schwester, die sich nicht im Raum befanden, kamen sofort herein und versuchten das Kind zurückzuhalten, das schon halb den Körper Christines verlassen hatte. Es war aber schon zu spät. Als das Kind so plötzlich aus Christine heraussprang, spürte sie einen derart schrecklichen Schmerz, daß sie ohnmächtig wurde.

Nun liegt sie also allein im Kreißsaal und denkt: »Irgend etwas muß schiefgelaufen sein. Sonst würden sie mich nicht die ganze Nacht hier liegenlassen.«

Trotz Hunger und Durst und trotz ihrer Besorgnisse schläft Christine nach einer Weile wieder ein.

Um acht wurde Christine in ein Zimmer gebracht, in dem fünf andere Mütter lagen. Eine Schwester wusch ihr die Brust und gab Tupfer darauf. Auch bekam sie endlich eine Tasse Buttermilch, um ihren Durst zu stillen.

Gegen elf fand dann die Visite statt. Der Primar tätschelte freundlich Christines Wange und bemerkte so nebenbei, sie sei ein bißchen genäht worden, alles halb so schlimm.

Christine bekam hohes Fieber und hatte furchtbare Schmerzen, wenn sie auf die Schüssel mußte. Acht Tage später wurden die Fäden entfernt und nach weiteren zehn Tagen durfte sie nach Hause.

Sie hatte noch immer starke Schmerzen, die Narben

waren fortwährend entzündet, und Furunkel entstanden. Christine badete mit Kamille, scheute sich aber davor, ihren Schoß zu betrachten.

Der Mann war mürrisch und selten daheim; Christine stillte und pflegte das Kind, an dem sie große Freude hatte.

Einen Monat nach der Geburt ging Christine zur Nachuntersuchung. Der Arzt – es war derselbe, der sie genäht hatte – stellte fest, daß alles in Ordnung sei und gab ihr scherzhaft einen Klaps auf den Schenkel. Christine war einigermaßen beruhigt, badete weiter mit Kamille, und die Entzündungen klangen ab.

Kurze Zeit später meinte der Mann, nun könne er wohl endlich wieder mit Christine schlafen, und er probierte es. Der Mann konnte aber nicht eindringen, schaute nach und sagte entsetzt: »Ja, wie sieht denn das aus?!«

Erschrocken betrachtete nun auch Christine ihren Schoß, brach in Tränen aus und schluchzte: »Die haben mir alles kaputtgemacht! Die haben mir alles kaputtgemacht!«

Gleich am nächsten Tag suchte Christine einen Arzt auf und dieser meinte nach eingehender Untersuchung: »Liebe Frau, man hat Sie zugenäht! Regelrecht zugenäht!«

Darauf bekam Christine einen Weinkrampf, und der Arzt sagte, sie müsse wieder aufgeschnitten werden.

Christine weigerte sich, in die Klinik zurückzugehen, in welcher sie das Kind zur Welt gebracht hatte. Sie fuhr in eine andere Stadt und ließ dort die Operation durchführen.

Man schnitt Christine wieder auf und etwas Fleisch ging dabei verloren. Außerdem wurde festgestellt, daß auch die Gebärmutter eingerissen war, so nähte man also zuerst einmal diese und Christine mußte ein paar Tage mit austamponiertem Schoß bewegungslos liegen. Dann machte man einen Y-förmigen Einschnitt und vernähte alles von neuem.

Nach zwanzig Tagen wurde Christine entlassen. Der Arzt empfahl ihr, die für den »Kunstfehler« verantwortliche Klinik zu verklagen, Christine tat dies aber nicht. Dazu wären weitere Untersuchungen vonnöten gewesen, und das wollte sie vermeiden. Christine ließ sich nicht gern anschauen. Mit sieben war sie im Luftschutzkeller vergewaltigt worden. Der Hausarzt meinte außerdem, ihre Chancen, den Prozeß zu gewinnen, seien sehr gering.

Christine badete also wieder mit Kamille, um die Verheilung der Narben zu beschleunigen, und ihr Mann bedrängte sie jeden Tag voller Ungeduld. Schließlich willigte sie ein und sofort verspürte sie einen scharfen Schmerz und blutete wieder.

Der Arzt sagte, trotz des Einschnittes sei sie noch zu eng, man könne aber nichts weiter tun, es sei einfach nicht mehr genug Material da. Auch stellte er fest, daß die Schleimhäute beschädigt waren und meinte, der Mann müsse sich eben eincremen, damit es leichter gehe. Auch solle sie sich einen Polster unterschieben, um einen besseren Einfallswinkel zu erzielen. Und der Mann müsse eben ein wenig vorsichtiger sein.

Christine sprach mit ihrem Mann über alles, aber dieser nahm keine Rücksicht auf sie, fügte ihr ununterbrochen Schmerzen zu. Wenn Christine die Menstruation hatte, war jedesmal wieder alles entzündet. Sie bat ihren Mann, sie wenigstens so lange in Ruhe zu lassen, bis die Entzündung abgeklungen sei, trotzdem aber fiel er über sie her. Sah er dann das Blut auf dem Leintuch, bekam er Schuldgefühle und betrank sich.

Nach ein paar Tagen bedrängte er sie erneut und

sagte: »Ach was, ist ja schon wieder gut! Komm schon! Du willst dich ja nur drücken!« Christine ließ es wieder zu und wieder war ein Riß die Folge. Der Mann trank nun immer mehr, trat auch einmal die Schlafzimmertür ein, als Christine ihn hinaussperrte.

Er schlief auch mit anderen Frauen, und Christine wußte das. Sie war sogar froh darüber und hoffte, daß er sie deshalb etwas in Ruhe lassen würde. Der Mann meinte aber, es sei Christines eheliche Pflicht, mit ihm zu schlafen, und sie solle nicht so verdammt wehleidig sein.

Dann entwickelte er eine neue Taktik. Für jeden Tag, an dem Christine nicht mit ihm schlief, machte er ein Kreuz auf dem Wandkalender. Waren fünf Kreuze darauf, wußte Christine: »So, jetzt bin ich wieder fällig.«

Um ihrem Mann zu entgehen, erfand Christine alle möglichen Ausflüchte. Sie schützte Kopfweh vor, ging früh zu Bett und tat, als ob sie schliefe, wenn der Mann nachkam. Manchmal stellte sie sich auch betrunken und wurde gegen ihn ausfällig. Es nützte aber alles nichts.

Wieder fiel ihm eine Terrormethode ein. Wenn er und Christine abends im Wohnzimmer saßen, starrte er sie unentwegt an und grinste dabei. Hielt Christine das nicht mehr aus und lief in die Küche, so ging er ihr nach, stellte sich mit verschränkten Armen vor sie hin und grinste weiter. Einmal verlor Christine die Nerven und schrie: »Ich springe aus dem Fenster, wenn du nicht sofort aufhörst zu grinsen!«

Darauf sagte der Mann ruhig: »Spring nur! In meiner Wohnung grinse ich, solange es mir paßt!«

Christine schlief dann im Zimmer der Kinder – diese waren jetzt zwei und vier Jahre alt –, aber auch das nützte nichts. Der Mann kam mitten in der Nacht und vergewaltigte sie. Die Kinder lagen mit verschreckten Augen in ihren Betten.

Da wusch sich Christine das Blut vom Körper, packte die Koffer und fuhr mit den Kindern zu ihrer Mutter. Sie wurde krank. Der Kreislauf funktionierte nicht mehr richtig. Alle zwei Tage bekam sie Spritzen.

Der Anwalt ihres Mannes rief an. Er sprach von böswilligem Verlassen und daß dies ein Scheidungsgrund sei. Christine erklärte sich mit allem einverstanden.

Nach der Scheidung übersiedelt der Mann ins Ausland und beläßt Christine die Wohnung. Christine nimmt eine Halbtagsarbeit an, zieht ihre Kinder auf und schläft jahrelang mit keinem Mann mehr. Die Wunden an ihrem Schoß verheilen, trotzdem aber muß sie sehr vorsichtig sein. Sie soll nicht Radfahren, darf nicht in Chlorwasser schwimmen und verkühlt sich sehr leicht.

Der Mann läßt sich nie mehr blicken, und die Kinder leiden darunter. Christines Sohn kommt mit elf beinahe in eine Erziehungsanstalt, weil er bei einem Ladendiebstahl erwischt wurde, und die Tochter ist bis siebzehn Bettnässerin.

Der Sohn wird später die Frauen verachten, die Tochter wird die Männer verabscheuen.

Christine erträgt das Alleinsein nicht und gibt sich doch noch mit ein paar Männern ab. Aber alle tun ihr weh, an Seele und Körper.

So beschließt Christine, nie mehr etwas fühlen zu wollen, sich in keinen Mann mehr zu verlieben. Aber Christine verliebt sich noch einmal. Und es ist schön mit diesem Mann. Er ist zärtlich und behutsam, und sie sagt einmal zu ihm, sie würde sich am liebsten verkriechen in ihm und nie mehr herauskommen. Aber der Mann ist verheiratet und kehrt zu seiner Frau zurück.

Christines Kinder sind nun erwachsen und brauchen

sie nicht mehr. Die Tochter heiratet einen Mann, vor dem sie sich nur mäßig ekelt, und der Sohn geht ins Ausland.

Christine unternimmt zwei Selbstmordversuche. Einen mit dem Auto, den zweiten mit Alkohol und Schlaftabletten. Der Autounfall bringt ihr nur ein zerschnittenes Gesicht ein und die Tablettenvergiftung einen vierzehntägigen Aufenthalt in der psychiatrischen Klinik.

Seit einiger Zeit hat Christine eine Freundin, die auch geschieden ist und ebenfalls zwei mißglückte Selbstmordversuche hinter sich hat. Fast jeden Abend betrinken sich die beiden zusammen, lachen stundenlang in ihrer Verzweiflung und schlafen schließlich aneinandergekauert ein.

Christine ist jetzt sechsundvierzig. Sie liebt die Wärme über alles. Im Sommer liegt sie oft ganze Nachmittage lang nackt auf dem Balkon. Sie spürt die Sonne in ihren Schoß eindringen und sie ausfüllen. Dann weint Christine und möchte leben und sterben zugleich.

Renate nimmt ab

Wenn Renate all die schlanken Mädchen in den Illustrierten sieht, wird sie wütend auf sich. Einen richtigen Haß auf ihren Körper bekommt sie. Und trotzdem ißt sie dauernd in sich hinein wie eine Verhungernde. Vor allem, wenn es in der Firma wieder Schwierigkeiten gegeben hat, wenn man sie ausgeschimpft und herumgehetzt hat, und der Vater nur zu sagen weiß: Jaja, Lehrjahre sind eben keine Herrenjahre!, dann schaufelt sie sich voll mit allem, was der Kühlschrank hergibt. Und haßt sich nachher natürlich wieder, schämt sich für ihren schwachen Willen, hat manchmal sogar das Bedürfnis, aus dem Fenster zu springen und sechs Stockwerke weiter unten auf dem Betonpflaster zu zerplatzen. Richtig auseinanderplatzen soll er, dieser ekelhafte, fette, schwabbelige Körper.

Du spinnst ja, meint Mutter, du bist doch nicht dick! – Aber ich hab jetzt 68 Kilo und früher hatte ich 54! – Na und? Besser etwas mollig als zu dünn, ist viel gesünder! – Ach was, das verstehst du nicht, Mama! Alle Freundinnen sagen: Ja, Renate, du bist ja ganz pummelig geworden! Und in der Firma sagen sie: Jetzt setzt sie schon Fett an vor lauter Faulheit! Beweg dich, Mädchen, beweg dich, dann wirst du die Schwarte los! – Ja, gute Tochter, dann friß nicht so viel in dich hinein, bist selber schuld! – Natürlich bin ich selber schuld, aber ich kann nicht anders! Ich muß essen, ich muß einfach immer essen! – Die Mutter schüttelt den Kopf und meint, dann sei ihr eben nicht zu helfen.

Kurze Zeit später zieht gegenüber eine andere Familie ein und Renate befreundet sich mit deren Tochter, die im selben Alter ist. Karin heißt sie und lernt Friseuse. Man geht zusammen ins Kaffeehaus und in die Diskothek. Renate fällt auf, daß auch Karin viel ißt, aber dennoch nicht zunimmt. Wie machst du das? fragt Renate, als sie einmal im Kaffeehaus sitzen und Torten essen. Karin schaut sie lächelnd an und steckt dann den Zeigefinger der rechten Hand tief in den Mund. – Was? – Ich kotze! – Was?? – Ich kotze! Ich stecke den Finger in den Mund und kotze! – Nein! – Aber ja! Ich esse, soviel ich mag, dann kotze ich alles wieder aus und kann schon wieder essen! – Renate ist sprachlos. Und das funktioniert? – Natürlich! Am Anfang war es etwas schwierig, aber man lernt schnell, wie man es richtig macht. Du mußt nur viel Flüssigkeit zum Essen trinken, dann gibt es keine Probleme! – Phantastisch! meint Renate und ruft: Fräulein, bitte noch eine Cremeschnitte! Und ein Glas Wasser! – Die beiden essen sich voll, dann gehen sie schnell heim, zwinkern sich an den Türen zu und jede verschwindet in ihrer Wohnung. Renate schließt sich im Klo ein, beugt sich über die Muschel und steckt tief den Finger in den Mund. Nachdem alles vorbei ist, fühlt sie sich so glücklich, daß sie aufjauchzt. Was ist denn mit dir los? fragt Mutter, als Renate in die Küche schaut. – Nichts ist los, es geht mir nur gut! – Oh, das freut mich! Endlich machst du wieder einmal ein fröhliches Gesicht! – Renate hüpft singend in ihr Zimmer, legt eine Boney-M.-Platte auf und nimmt das BRAVO zur Hand.

So geht das nun dahin; Renate ißt, Renate bricht. Mit der Zeit kommt sie dahinter, daß sich bestimmte Speisen besser zum Erbrechen eignen als andere. Speisen in Breiform zum Beispiel, vor allem aber Kekse und Schokolade. Sie ißt mit Genuß drei Tafeln Schokolade, trinkt einen Liter Cola dazu, dann aufs Klo, Finger in den

Mund, und schon kommt alles wieder in einem schönen Strahl heraus. Es gibt kein Würgen und auch keinen unangenehmen Geruch, weil die Speisen ja alle noch frisch sind. Wenn Besuch da ist und Renate nach dem Essen abräumen soll, ärgert sie sich, weil sie weiß, daß sich manche Speisen schnell zersetzen und das Erbrochene dann unangenehm säuerlich riecht.

Nach zwei Monaten wird Renates Freundin Karin plötzlich immer dünner, magert erschreckend ab. – Du, ich glaub, ich muß das jetzt lassen, sagt sie zu Renate, mein Magen spielt verrückt! – Schließlich kommt Karin sogar ins Krankenhaus und Renate bekommt es mit der Angst zu tun. Sie möchte es auch lassen, kann aber nicht. Es ist wie eine Sucht. Sie bringt sich jetzt oft schon fünfmal am Tag zum Erbrechen. Es ist einfach zu verführerisch. Sie kann essen, was sie will und soviel sie will und braucht keine Angst vor dem Zunehmen zu haben. Im Gegenteil, sie nimmt ab; acht Kilo sind bereits weg. Nur muß sie jetzt schon zwei, manchmal drei Finger verwenden, weil einer nicht mehr genügt, um den Brechreiz hervorzurufen. Sie probiert es mit Strohhalmen und Löffelstielen, aber das tut weh. Manchmal muß sie so lange mit den Fingern im Rachen herumstochern, bis sie am Ballen des letzten Gliedes ganz aufgeschürft sind von den Zähnen.

Einmal vergißt Renate, den Rand der Klomuschel von den Speiseresten zu säubern und Mutter fragt, ob sie gebrochen habe. – Jaja, es war mir schlecht, geht mir schon wieder gut. – Und dann wird sie eines Tages vom Vater überrascht, weil sie vergessen hat, die Klotür abzusperren. Sie nimmt erschrocken die Finger aus dem Mund, richtet sich auf und dreht sich um. – Was machst du denn da? fragt Vater. – Nichts, mir ist schlecht. – Was? Schlecht? Du hast den Finger in den Mund gesteckt, ich habs doch gesehen! – Ja, weil mir schlecht ist! Ich will brechen! – Erzähl mir doch keine Märchen! Eben warst du noch ganz fröhlich! Ich hatte nicht den Eindruck, daß dir schlecht ist! – Renate ist verlegen und weiß nicht, was sie darauf antworten soll. – Komm einmal mit, Tochter! – Gerichtssitzung in Gegenwart der Mutter: Machst du das öfter! – Schweigen. – Ob du das öfter machst?! – Manchmal. – Manchmal! Mach uns doch nichts vor! Dauernd machst du es! – Nein, ist nicht wahr! – Natürlich ist es wahr! Deshalb kannst du ja auch soviel essen, ohne zuzunehmen! Ich hab mich schon lange gefragt, wie du das machst! – Renate senkt den Kopf. – Du, das eine sag' ich dir: Wenn ich dich noch einmal dabei erwische, schlag ich dich grün und blau, das garantier ich dir! Du hast ja einen Vogel, du spinnst ja! Eine Frechheit ist das! – Der Vater wendet sich nun an die Mutter: Deine Tochter treibt es ja wie die alten Römer! Die haben sich auch vollgefressen und dann mit einer Pfauenfeder gekitzelt, damit sie weiterfressen konnten! – Der Vater hebt wütend die Hand. – Du, ich hau dir ... ! So eine Sauerei! In Indien verhungern die Kinder und du machst so was! Pervers ist das, pervers! – Mutter versucht einzulenken: Mein Gott, sie ißt halt gern und ... – Ja und, das ist keine Entschuldigung für so eine Perversität! – Und er schreit Renate an: Geh mir aus den Augen, du verkommenes Luder! – Renate läuft in ihr Zimmer und wirft sich weinend aufs Bett.

Von nun an ißt Renate bei den Mahlzeiten zu Hause nur mehr wenig, dafür deckt sie sich mit Süßigkeiten ein und erbricht hauptsächlich in der Nacht, wenn die Eltern schon schlafen. Sie macht es jetzt auch mehrmals am Tag in der Firma. Karin ist wieder aus dem Krankenhaus entlassen worden. Nein, nein, sagt sie beruhigend zu Renate, mit dem Erbrechen hatte meine Magengeschichte sicher nichts zu tun. Ich habe ihnen die Sache mit dem Kotzen natürlich nicht auf die Nase gebunden, aber sie meinten ohnehin gleich, das sei was Seelisches. – Dann machst du weiter? – Nein, ich glaub, ich laß es lieber bleiben, es hat mir wirklich nicht gutgetan in letzter Zeit. Manchmal hatte ich das Gefühl, es stülpt sich mir der Magen um. Aber das ist sicher auch was Seelisches.

Renate erbricht weiter, sie kann es einfach nicht lassen. In den Kästen in ihrem Zimmer hat sie Berge von Keksen und Schokolade versteckt. Jedesmal, wenn sie erbrochen hat, fühlt sie sich irgendwie gereinigt, so, als sei sie etwas Schmutziges losgeworden. Das ist ein schönes Gefühl. Andererseits fühlt sie sich aber auch schuldig, denn sie muß an das denken, was der Vater gesagt hat. Die Römer. Die Kinder in Indien. – Ja, da hat er schon recht. Ich bin ein Schwein, ich bin ein richtiges Schwein! – Sie steigert sich hinein in diese Schuldgefühle. Wenn sie sich nach dem Erbrechen den Mund ausspült und das Gesicht gewaschen hat, schaut sie lange in den Spiegel und sagt laut zu sich selber: Du verkommenes Luder! Ein durch und durch verdorbenes Luder bist du! – Aber dann geht sie in ihr Zimmer, ißt eine Packung Kekse und freut sich auf das nächste Erbrechen.

Immer schwerer geht es, immer neue Reize braucht sie, um das Erbrechen herbeizuführen. Sie trinkt Salzwasser und gibt Seife auf die Finger, bevor sie sie in den Mund steckt. Das ist gut, das hilft. Etwas Seltsames tritt nun immer öfter auf, etwas Unangenehmes. Gleich nach dem Erbrechen bekommt sie einen Blähbauch, ganz hart wird der Bauch, dick und rund wie ein Ball. Widerlich! Sie haßt sich, haßt sich wirklich, schlägt mit den Fäusten auf den kugelrunden Bauch. Und beschimpft ihr Spiegelbild: Du Sau! Dreckige Sau! – Sie geht in ihr Zimmer und masturbiert. Das wird nun zur Kombination: essen, erbrechen, masturbieren.

Renate haßt sich immer mehr. Der Vater und die Mutter beobachten sie argwöhnisch, schleichen ihr nach, wenn sie aufs Klo geht und lauschen. Immer dünner wird Renate. Wirst schon in der Firma kotzen! sagt der Vater. Aber wehe, wenn ich dir draufkomme! – Nein, ich tu es nicht mehr, bestimmt nicht! – Ich glaube ihr, sagt die Mutter. Sie ißt ja jetzt viel weniger. – Zu Hause, sagt der Vater, zu Hause! Du weißt ja nicht, was sie auswärts macht! – Nein, ich mach' es bestimmt nicht mehr! sagt Renate. Und macht es weiter. Obwohl es zur Qual wird. Mit hochrotem Kopf muß sie würgen, hat immer öfter Magenweh und auch Kopfschmerzen nach dem Brechen. Hör doch auf, sagt Karin, es ist wirklich nicht gesund! Renate schüttelt den Kopf. Ich kann nicht.

Die Eltern fahren eine Woche weg und Renate und Karin veranstalten eine Freßorgie. – Komm, geh mit mir kotzen! sagt Renate. Karin geht mit. – Aber nur einmal, ich fang mir das nicht mehr an! – Sie erbrechen beide auf dem Klo und essen dann weiter. Renate hat wieder Magenweh, Kopfschmerzen und einen Blähbauch. Sie beginnt zu weinen und wirft den Teller mit gebratenen Bananen und Schlagsahne an die Wand. – Hör auf damit, sagt Karin, ich bitte dich! Du ruinierst dich! Renate ißt drei Tage lang keinen Bissen mehr und fällt darauf um. Karin füttert sie mit Suppe und schimpft: So geht das doch nicht! Du fällst von einem Extrem ins andere! Renate wird sofort schlecht von der Suppe und sie muß brechen. Karin wischt alles sauber zusammen und setzt sich wieder neben ihre Freundin. Lange ist es still, dann sagt Renate leise: Warum tun wir das? Warum tun wir das alles? – Weil wir schlank sein wollen, sagt Karin.

Schlank sein, und trotzdem essen. – Könntest du dir vorstellen, daß ein Mann sich freiwillig zum Erbrechen bringt? fragt Renate. Karin schüttelt den Kopf. – Eben, sagt Renate. Wenn ein Mann einen Bauch hat, dann trägt er ihn noch stolz vor sich her! Und von uns Frauen verlangen sie, daß wir allesamt aussehen wie diese Fotomodelle da! – Renate blättert eine Illustrierte auf und wirft sie dann zu Boden. – Ja, genau, sagt Karin, und die Fotomodelle schaun auch so aus, weil es die Modeschöpfer und die Fotografen so wollen. – Jetzt ist Schluß, sagt Renate, endgültig Schluß! Da mach ich nicht mehr mit! Ich bring mich doch nicht um für nix und wieder nix! Ich mach mich nicht mehr zum Narren für die Männer! Ab heute benütz ich meinen Zeigefinger nur noch, um den Herrschaften den Weg zur Tür zu zeigen, wenn sie irgend etwas von Abnehmen oder weniger Essen oder so verlauten lassen! Und Renate und Karin halten tatsächlich durch, auch wenn es vor allem bei Renate anfänglich nicht so aussieht. Es geht aber von Tag zu Tag besser, die Versuchung, den Finger in den Mund zu stecken, wird immer kleiner. Ein paar Wochen später lernt Renate einen Mechanikergesellen kennen, der mit großem Vergnügen ihr inzwischen wieder angewachsenes Bäuchlein streichelt, womit die Sache endgültig erledigt ist.

An den Rand des Dorfes

Seit langem schon geht es Matthias wieder schlechter. Er benimmt sich seltsam. Mit eingezogenem Kopf schiebt er seinen Karren vor sich her, führt Selbstgespräche und verkriecht sich am Abend in seinem Zimmer. Als ihn neulich der alte Schuldirektor grüßte und nach seinem Befinden fragte, schaute Matthias erschrocken auf und sagte dann: »Mit dir red i nit! Weil di kenn i nit!« Und ging schnell weiter. Nach ein paar Metern blieb er stehen und rief zurück: »Auf jeden Foll bist a Fisch! Des is sicher! Owa kennen tua i di nit! Weil i konn jo nit jeden kennen! Des wird ma jo z'viel mit da Zeit!« Dasselbe passierte auch anderen alten Bekannten von Matthias. Und dann der Vorfall in der Kirche. Matthias kniet in der ersten Bank auf der Empore und betet mit geschlossenen Augen einen Rosenkranz. Steht dann plötzlich auf und schreit gegen den Altar: »Du wirst scho wissen, warum! Du wirst scho wissen, warum, nit!« Die Leute im Kirchenschiff unten drehen die Köpfe, schauen herauf. Dem Pfarrer rutscht der Kelch vom Tablett. Einer der Bauern neben Matthias sagt leise: »Hock di nieder, Mascht!« Und sofort setzt sich Matthias und verbirgt das Gesicht in den Händen. Der Bauer legt ihm die Hand auf den Arm, möchte etwas sagen und weiß nicht was, und ist verlegen, weil er sieht, daß Matthias weint. Am meisten aber beunruhigt die alten Leute im Dorf, die an Matthias' Schicksal seit seiner Jugendzeit Anteil genommen haben, daß er viele von ihnen nicht mehr erkennt, daß er es sogar ablehnt, mit ihnen zu sprechen, eben mit dem Hinweis darauf, daß sie ihm unbekannt seien.

Man hatte Matthias vor allem wegen seiner Fähigkeit bewundert, das Alter eines Menschen genau schätzen zu können. Auf den Monat genau. Früher hatte er selbst wildfremde Menschen auf der Straße angehalten, hatte sie prüfend angeschaut und gesagt: »Du bist a Stier, stimmts? Und a Sechsazwanzga, stimmts?« Und es stimmte immer. Matthias genoß dieser Begabung wegen großes Ansehen, obwohl manche behaupteten, er habe sich einfach vorher erkundigt. Ein hervorragendes Gedächtnis konnten ihm allerdings auch diese Zweifler nicht absprechen. Immerhin war niemand unter den Bewohnern des Dorfes, dem er nicht irgendwann einmal das genaue Alter gesagt hatte.

Matthias hat es sich auch abgewöhnt, der Jugend des Dorfes seine selbsterfundenen Lieder vorzutragen. Begegnete ihm früher eine Gruppe von Kindern auf dem Schulweg, so legte er Besen und Schaufel in den Karren und sang seine Lieder, deren Texte niemand verstand, weil er Worte verwendete, die es nicht gibt. Es waren sehr schöne, aber auch sehr traurige Lieder. Die Leute nannten sie russische. Nicht nur die Kinder schätzten den Gesang von Matthias. Auch die Bauern blieben gerne stehen, wenn sie vorbeikamen, hörten zu und nickten beifällig mit dem Kopf.

Nun singt Matthias nicht mehr. Spricht auch kaum mehr. Hat offensichtlich Angst. Und kann nicht sagen, wovor. Weiß nur, daß etwas nicht mehr stimmt im Dorf. Daß etwas aus den Fugen geraten ist. Und so gerät auch Matthias wieder aus den Fugen. Seine Verstörung wächst.

Dabei hatte es so ausgesehen, als ob die Gefahr endgültig vorbei wäre. Jahrelang war es nun ganz gutgegangen. Als Matthias aus Hall zurückgekommen war, vor mehr als zwanzig Jahren, da hatten ihn alle gut behandelt. Das half im sehr, sich wieder in die Dorfgemeinschaft einzufügen, sich in der Freiheit langsam wieder zurechtzufinden. Man ist ihm mit einer gewissen Scheu begegnet, das sicher. Aber mit einer Art von Scheuheit, die man jemandem entgegenbringt, der etwas ganz Besonderes, Außergewöhnliches erlebt hat. Dieselbe Scheu hegte man vor einem Jungbauern, dessen Haare infolge eines unheimlichen Erlebnisses von einem Augenblick zum anderen fast schneeweiß geworden waren. An einem Morgen im Sommer ging dieser Bauer aufs Feld, um Gras zu mähen. Sein Vater befand sich seit drei Tagen auf der Alm, weil einer der Melcher mit gebrochenem Bein im Krankenhaus lag. Plötzlich – so erzählte der Bauernsohn – sei ihm der Vater durch den Morgennebel entgegengekommen. Er habe sich so langsam vorwärtsbewegt, als ob ihn etwas zurückhalten würde. Dann aber sei er ganz nahe, zum Greifen nahe gewesen. Der Vater habe die rechte Hand nach ihm ausgestreckt und habe anscheinend etwas sagen wollen. Als er – der Sohn – den Vater angesprochen habe und auf ihn zugehen, ihn fassen wollte, da sei der Vater wieder im Nebel verschwunden. Und er – der Sohn – habe sofort gewußt, daß der Vater tot war. Und tatsächlich – zwei Stunden später kam ein Senner mit der Nachricht, der alte Bauer sei in den frühen Morgenstunden verstorben. Die Leute im Dorf sprachen noch lange über dieses seltsame Ereignis. Wie diesem Bauernsohn, so brachte man also auch Matthias eine gewisse Scheu entgegen. Keiner machte je in seiner Gegenwart eine Anspielung auf den Ort, wo er die letzten sieben Jahre verbracht hatte. Auch er selbst schwieg davon. Der Gemeindesekretär, der Matthias wenige Monate vor seiner Entlassung besucht hatte, sprach im Wirtshaus einmal von Elektroschocks. Und vom Wasserbett. Die Leute konnten sich nichts Rechtes darunter vorstellen, und gerade deshalb lösten diese beiden Worte Bedrückung in ihnen aus. Das ungemein Friedfertige an Matthias erschien den Bewohnern des Dorfes unnatürlich. Seine traurige Sanftmut berührte sie.

Der erste Weg, nachdem er aus dem Zug gestiegen war, hatte Matthias zum Friedhof geführt. Den Gemeindesekretär, der ihn begleiten wollte, bat er, allein gehen zu dürfen. Der Gemeindesekretär willigte ein, folgte dann aber Matthias in angemessener Entfernung. Dieser fand das Grab seines Vaters sofort wieder. Eine Weile blieb er schweigend davor stehen, sank dann auf die Knie und sagte leise: »Griaß di, Dati. Dia hom mi erst jetzt auslossn. Sonst war i scho früher kemmen. – Jetzt brauchst koa Ongst mehr hom, Dati. Jetzt stör i di nimmer in deiner Ruah. – Vazeih mir, bitte! I hob nit gwußt, wos i tua. Vazeih mir, Dati!« Matthias begann zu weinen. Der Gemeindesekretär trat hinzu und redete begütigend auf ihn ein. So wie er es vor sieben Jahren auch getan hatte. Als diese schreckliche Geschichte passiert war, deretwegen Matthias in die Nervenheilanstalt kam.

Einige Jahre schon hatte der Vater von Matthias im Unterleib Schmerzen verspürt. Aber am Land achtet man nicht so auf Schmerzen. Man geht nur zum Arzt, wenn es unbedingt nötig erscheint. Dem Vater von Matthias erschien es erst nötig, als der stechende Schmerz so unerträglich geworden war, daß er eine Woche lang nicht mehr hatte schlafen können. Der Gemeindearzt befürchtete Schlimmes und schickte den Mann in die Klinik nach Innsbruck. Dort schnitt man ihn auf und flickte ihn gleich wieder zu. Krebs im Endstadium. Nichts mehr zu machen. Man entließ ihn zum Sterben nach Hause. Unter furchtbaren Qualen vegetierte er noch sieben Wochen dahin. Er begann bei lebendigem Leibe zu verfaulen. Der

Gestank zog aus seinem Zimmer und verbreitete sich im ganzen Haus. Es war nicht auszuhalten. Als man Matthias sagte, sein Vater liege im Sterben und wolle von ihm Abschied nehmen, weigerte er sich, das Zimmer zu betreten. Er lief davon und versteckte sich. An einem Donnerstagabend im August starb der Vater. Niemand war bei ihm. Auch der Pfarrer nicht. Beim Spenden der letzten Ölung hatte er sich übergeben müssen und kam nicht wieder. Da die hochsommerliche Hitze den Verwesungsprozeß beschleunigte, war das Begräbnis bereits für Freitag angesetzt. Inzwischen hatte jemand Matthias in einer Scheune gefunden und zurückgebracht. Man teilte ihm mit, daß sein Vater tot sei, aber er glaubte es nicht, wollte den Vater sehen. Dies wurde ihm in Anbetracht der Umstände verweigert. Auch war der Sarg bereits zugeschraubt. Matthias sagte darauf, er werde nicht zulassen, daß man seinen Vater lebendig begräbt. Er lief mit einer Axt in den Aufbahrungsraum und wollte den Sarg öffnen. Man hinderte ihn daran. Schlug ihn. Dann das Begräbnis. Matthias blaß und zitternd am Grab. Der Gemeindesekretär legt den Arm um seine Schulter, redet ihm gut zu. Heute ist Matthias' sechzehnter Geburtstag. Keiner denkt daran. Als der Sarg in die Grube hinuntergelassen wird, springt Matthias nach, klammert sich am Sarg fest, schreit nach seinem Vater. Man holt Matthias heraus, bringt ihn nach Hause und sperrt ihn im Keller ein. Gegen Abend läßt man ihn wieder frei, und er scheint sich beruhigt zu haben. Sagt kein Wort und ißt nichts. Geht in das Zimmer des Vaters und legt sich auf dessen Bett. Um zwei Uhr nachts wird der Mesner durch Geräusche aufgeweckt. Er tritt ans Fenster und schaut auf den Friedhof hinunter. Sieht dort jemanden mit einer Schaufel arbeiten. Er geht mit der Taschenlampe hinaus und ertappt Matthias dabei, wie er das Grab seines Vaters wieder öffnet. Als der Mesner Matthias fragt, was er denn um Gottes willen hier mache, schlägt ihm Matthias die Schaufel über den Kopf. Der Mesner flüchtet und klopft den Gendarm heraus, daß er ihm helfe. Als er mit diesem den Friedhof wieder betritt, kommt ihnen Matthias entgegen. Auf den Armen trägt er den Körper seines Vaters. Wenn der Gendarm später im Wirtshaus von diesem Erlebnis erzählt, pflegt er immer zu sagen, daß der ganze Friedhof in Aufruhr gewesen sei. Niemals habe er sich gefürchtet, selbst im Krieg nicht, aber in jener Nacht seien ihm die Haare zu Berge gestanden. Nicht einmal seinem schlimmsten Todfeind möchte er so etwas wünschen. Als Matthias die beiden Männer sieht, legt er den Vater sachte auf den Boden und sagt: »Mein Dati tats ma es nit lewentiga eingrom, des sog i enk! No amol brauchts ma des nimmer probieren! Des mecht i enk grod gsogg hom! Weil sonst daschlog i enk! Wenns ma des no amol mochts!« Die beiden Männer versuchen Matthias klarzumachen, daß sein Vater wirklich tot sei, aber es nützt nichts. Matthias nimmt ein Taschenmesser heraus, öffnet es und sagt: »Vaschwinds! Sonst stich i enk o!« Der Gendarm geht, während er weiterredet, auf Matthias zu, faßt ihn blitzschnell beim Handgelenk, dreht ihm den Arm auf den Rücken, nimmt ihm das Messer weg. Dann zerrt er den verzweifelt sich wehrenden Jungen mit Hilfe des Mesners in den Gemeindekotter hinüber. Am nächsten Tag wird Matthias abgeholt und in die Heilanstalt gebracht.

Nach sieben Jahren war Matthias nun wieder heimgekehrt. Hatte bei seinem Vater Abbitte geleistet, und die Bewohner des Dorfes hießen ihn willkommen. Da er keine näheren Verwandten mehr hatte, übernahm die Gemeinde die Sorge für ihn. Er bekam Arbeit als

Straßenkehrer und ein kleines Zimmer über dem Probelokal der Musikkapelle. Matthias begann sich wohl zu fühlen. Begann zu vergessen. Ging dann auch manchmal ins Wirtshaus, trank ein, zwei Glas Bier, schaute den Leuten beim Kartenspielen zu und sagte ihnen ihr Geburtsdatum. Den Bauern richtete er die Güterwege her und erhielt dafür Milch und Eier und gelegentlich ein schönes Stück Fleisch, wenn geschlachtet wurde. Als einmal die hochschwangere Frau eines Sägewerkarbeiters sich aus unbekannten Gründen vor den durchfahrenden Schnellzug warf und sowohl der Totengräber als auch der Gendarm sich weigerten, die verstreuten Teile des Körpers der Frau und des herausgerissenen Kindes einzusammeln, erklärte Matthias sich sofort dazu bereit. Sorgfältig suchte er alles mit bloßen Händen zusammen und legte es behutsam in den Plastiksack. Von da an holte man Matthias immer wieder für solche Aufgaben. Die Leute sagten: »Der Mascht is oana, dem graust vor gor nix! Der steht mitn Tod auf du und du!« Auch das erhöhte zweifellos sein Ansehen.

So vergingen die Jahre, und mit Matthias schien alles in Ordnung zu sein. Doch dann geschah etwas, das Matthias verwirrte, unsicher machte, die Ordnung zerstörte, in der er lebte. Es kamen die Fremden. Sicher, auch früher hatten Urlaubsgäste das Dorf besucht. Aber es waren noch nicht so viele gewesen. Man bemerkte sie kaum. Nun aber kamen sie in Scharen. Wie Heuschrekkenschwärme fielen sie ein. Früher war es auf den Straßen des Dorfes ziemlich ruhig gewesen – den Markttag und diverse Festlichkeiten ausgenommen. Matthias hatte ungehindert seine Tätigkeit verrichten können. Nun aber nahm der Verkehr immer mehr zu, überall am Straßenrand parkten Autos und oftmals spazierten Hunderte von Menschen durch das Dorf. Matthias fühlte sich in seiner Arbeit behindert. Fühlte sich gestört von diesen fremden Leuten, die in einer Sprache redeten, die er meistens nicht verstand. Und Matthias stellte beunruhigt fest, daß sich das Dorf veränderte und mit ihm die Menschen. Die Bewohner des Dorfes hatten keine Zeit mehr. Sie mußten Pensionen bauen und Betten machen und Souvenirs verkaufen und die Gäste vom Bahnhof abholen. Kaum einer blieb noch bei Matthias stehen, um sich mit ihm zu unterhalten oder sich von ihm das Geburtsdatum sagen zu lassen. Nur die Bergbauern änderten sich nicht. Nach wie vor unterhielten sie sich freundlich und achtungsvoll mit Matthias, wenn sie ins Dorf herunterkamen, um Besorgungen zu machen.

Es ist nun soweit, daß Matthias sich überhaupt nicht mehr zurechtfindet. Er geht auch nicht mehr in die Wirtshäuser, um den Leuten beim Kartenspielen zuzuschauen. Man spielt nicht mehr viel Karten. Die jungen Burschen sind Schilehrer geworden und müssen sich am Abend den Gästen widmen. Sie schlüpfen in Lederhosen und lernen Tänze, die man den fremden Gästen gegenüber als Volkstänze ausgibt. Matthias erkennt auch die meisten Wirtshäuser nicht wieder. Sie wurden umgebaut, ausgebaut, modernisiert. Auf der Speisekarte findet Matthias Gerichte, von denen er nie im Leben gehört hat. Matthias fühlt sich nicht wohl in diesen Lokalen. Und zweimal schon hatte man ihm den Eintritt verwehrt. Der Wirt seines Stammlokals sagte eines Tages zu Matthias, er solle ihm nicht böse sein, aber mit den dreckigen Gummistiefeln lasse er ihn nicht in die Gaststube. Er habe den neuen Boden nicht hereinmachen lassen, damit er, der Matthias, mit seinen dreckigen Stiefeln darauf herumtrample. Auch seien die Stühle neu bezogen und er wolle nicht, daß Matthias sich mit seiner staubigen Hose daraufsetze. In einem anderen Gasthaus

sagte man ihm, er würde dauernd auf das Tischtuch tren-
zen, und das sei den Gästen nicht zumutbar. Außerdem
sei man auf ihn nicht angewiesen. Er konsumiere ja
sowieso nur ein Bier den ganzen Abend lang. Matthias
war tief verletzt. Schämte sich seiner selbst. Verstand
nicht, warum die Menschen im Dorf ihr Verhalten so
geändert hatten.

Matthias reagierte auf seine Weise. Er hat nun den
Spieß umgedreht. Er verkriecht sich in sich selber. Er verliert sein Gedächtnis. Sein Erinnerungsvermögen. Der
alte Gemeindesekretär, längst pensioniert, ist einer der
wenigen, mit denen Matthias noch spricht. Wenn er auch
nicht zuhört, was dieser antwortet. »Woaßt«, sagte Matthias zum Gemeindesekretär, »woaßt, früher hob i an
jeden kennt. An jeden. A dia, dia wos i nit kennt hob. Do
wor ma koana fremd. Owa jetzt kenn i bold üwahaupt
koan mehr. Dia vaschwinden olle! I woaß nit, wohin.
Sterms oder wos. I woaß nit. I kenn holt immer weniger. I
siech nur Fremde. Und dia megn mi nit. Koana mog mi
mehr! Olle seins ma fremd! I kenn mi üwahaupt nimmer
aus! Irgendwos geht vor, hinter mein Buggl. Irgend wos.
Wenn i nur wißat, wos!«

Matthias macht auch wieder Dinge, die seit Jahren
nicht mehr vorgekommen sind. In der Kirche kratzt er
sich das Gesicht blutig, und wenn man ihn fragt, warum
er das tue, antwortet er: »Da Herrgott hot no viel mehr
leiden miassn!«

Es ist auch bekanntgeworden, daß Matthias seinen
Lohn nicht mehr zu Hause aufbewahrt, sondern im Wald
an verschiedenen Plätzen eingräbt. Er kennzeichnet die
Stellen mit Steinen und Zweigen und irrt dann tagelang
im Wald umher, weil er sich nicht mehr erinnern kann,
wo er das Geld vergraben hat. Unter den Kindern ist deshalb ein regelrechtes Schatzsucherfieber ausgebrochen.

Dann die Geschichte des Jagdaufsehers. Dieser erzählte, daß er Matthias im Wald mit einem Strick in der Hand angetroffen habe. Und als er ihn gefragt habe, was er denn mit dem Strick wolle, habe Matthias diesen hinter dem Rücken verborgen und gesagt:»Mit dir red i nit! Weil di kenn i nit!« Darauf habe er – der Jagdaufseher – das Gewehr von der Schulter genommen und habe im Spaß gesagt:»Geh her, Mascht, stell di auffi auf den Stock do, nocha schiaß i di ocha! Dasporst da s'Aufhängen!« Worauf Matthias davongerannt sei.

Seltsamerweise erträgt Matthias auch die Blasmusik nicht mehr. Wenn die Kapelle Probe hat, verläßt er das Haus und kommt erst zurück, nachdem die letzten Musiker gegangen sind. Früher hatte es ihm großen Spaß gemacht, den von unten herauf erklingenden Märschen auf dem Bett liegend zuzuhören.»I brauch koan Radio in meiner Wohnung!« pflegte er zu sagen.»Zwoamol in da Woch hob i a Gratiskonzert!«

Matthias beginnt nun schon immer um drei Uhr morgens mit der Straßenreinigung. Da ist er noch allein und keiner stört ihn bei der Arbeit. Tagsüber hält Matthias sich vorwiegend am Rand des Dorfes auf. Stundenlang sitzt er auf einer kleinen Anhöhe und betrachtet seinen Heimatort. Er ist ihm fremd geworden. Er fühlt, daß er sein Zuhause verloren hat. Für immer.

Matthias steht auf und schreit seine Verzweiflung ins Dorf hinunter. Aber niemand hört ihn. Man baut Pensionen, macht die Betten, verkauft Souvenirs und holt die Gäste vom Bahnhof ab.

Wie einer in die Stadt ging und dabei seine Sprache verlor

Samstag, 16. Juni. Es ist Abend und ich hocke in meinem Zimmer. Das hätte ich mir nicht gedacht, daß ich mir mit meinem Alter noch ein Heft kaufe und ein Tagebuch schreiben anfange. So wie ein Dirndl aus meinem Dorf, das ich gekannt habe. Aber reden tut keiner mit mir und kennen tu ich auch niemand. Da bin ich halt auf den Gedanken gekommen, daß ich jeden Tag hinschreibe, was mir passiert. Da kommt es mir in den Sinn, daß ich seit der Schule nichts mehr niedergeschrieben habe. Außer meine Unterschrift halt und ein paar Ansichtskarten vom Bundesheer nach Hause. Und jetzt in letzter Zeit meiner Mutter zwei Briefe, damit sie Bescheid weiß, wie es mir geht. Habe ihr aber geschrieben, daß es mir gutgeht. Was aber überhaupt nicht stimmt. Aber damit sie halt beruhigt ist. Nützen wird es eh nicht viel, das Tagebuch, weil mit dem kann ich ja nichts reden und kein Bier trinken. Und kann mir auch keinen Rat geben. Aber die Zeit vergeht. Ich will damit anfangen, wie es gekommen ist, daß ich jetzt in der Stadt hocke und nimmer aus und ein weiß. Früher hat es mir daheim ganz gut gefallen. Aber weil ich nie aus dem Loch herausgekommen bin. Wie ich beim Bundesheer war, hat gleich alles anders ausgeschaut. Da ist was los gewesen. Da bin ich mit zwei aus meinem Dorf mit dem Bus immer in die Stadt gefahren. Die war nur zehn Minuten weg von der Kaserne. Nach dem Dienst sind wir in die Stadt gefahren und haben eine Mordshetz gehabt. Mit den Weibern und Bier getrunken und Witze gemacht. Ins Kino sind wir gegangen und tanzen. In unserem Loch gibt es nicht einmal ein Kino. Und los ist überhaupt nichts. In anderen Dörfern, die weiter weg sind von uns, da gibt es wenigstens einen Fremdenverkehr. Das ist schon etwas ganz anderes. Aber wir haben ja nichts wie Steine und Wald und den halben Winter kaum einen Sonnenschein. Und alles so steil. Da kann man keine gescheite Schipiste bauen. Deswegen ist auch kein Fremdenverkehr. Wir sind das Arschloch der Welt, hat einmal einer gesagt, dem ich recht gebe. Wie ich nach dem Bundesheer wieder heimgekommen bin, hat es mir gar nicht mehr gepaßt. Da habe ich gleich wieder wegwollen. Ich habe mich aber nicht getraut, wegen meinem Vater. Da bin ich oft im Wirtshaus gehockt und habe mir meine Gedanken gemacht. Dann habe ich zum Vater gesagt, in der Stadt täten sie schon besser zahlen. Hat er mir aber gleich dagegengeredet, daß ein ungelernter Arbeiter überall gleich viel verdient. Und ich soll froh sein, wo ich eh alles habe, was der Mensch braucht. Ein Heim und Arbeit und Freunde und ein Wirtshaus. Ich habe sagen wollen, bei uns im Dorf ist nichts los. Aber da wäre ich bei meinem Vater an die falsche Adresse gekommen. Weil ihm genug los ist. Schimpft eh über einen jeden Fremdengast, den er sieht. Da bin ich still gewesen. Mein Vater ist gescheiter wie ich. Aber recht hat er nicht gehabt. Und wie ich dann einmal besoffen war, hat er mich geschimpft. Einen Nichtsnutz hat er mich geheißen. Da bin ich laut geworden. Ich habe zu meinen Eltern gesagt, ich komme mir eingesperrt vor in diesem Loch. Beim Bundesheer habe ich nicht tun können, was ich wollen habe. Aber dort bin ich mir nicht eingesperrt vorgekommen. Weil ich am Abend in die Stadt dürfen habe. Ich habe zu meinen Eltern gesagt, in dem Loch ersticke ich, weil alles so eng ist und kannst nicht aus. Fallen dir direkt die Steiner auf den Kopf. Da hat aber die Mutter geweint. Weil sie immer weint, wenn sie sich nicht auskennt. Und der Vater hat mich eine Woche lang nicht mehr angeschaut. Da habe ich es wieder sein lassen. Jeden Tag habe ich aber einen Rausch heimgebracht. Immer im Wirtshaus gehockt. Da habe ich dann einen Fernfahrer getroffen. Der hat die Möbel gebracht für einen Doktor aus der Stadt. Weil der sich ein Wochenendhaus gebaut hat in der Nähe von unserem Dorf. Auf jeden Fall bin ich mit dem Fahrer ins Reden gekommen, wie er gegessen hat mit seinem Beifahrer. Da habe ich halt erzählt, wie gerne ich in die Stadt möchte. Und der Fernfahrer hat mir recht gegeben. Er hat gemeint, da ist ja wirklich nichts los bei euch. Da versäume ich bestimmt nichts. Hier täte er vor Langeweile sterben hat er gesagt, der Fernfahrer. Darauf habe ich gesagt, lieber täte ich schon heute als morgen weggehen. Da hat der Fernfahrer gesagt, ich soll doch gleich mit ihm kommen. Da bin ich überrascht gewesen und habe geglaubt, er macht einen Witz mit mir. Aber er hat es ernst gemeint. Er hat gesagt, ich muß mich schnell entscheiden. Weil sonst bleibe ich mein Leben lang hier in diesem Loch picken. Ich bin noch immer überrascht gewesen, weil es mir einfach zu schnell gegangen ist. Der Fernfahrer hat aber eine richtige Freude gehabt mit seiner Idee. Er hat mir versprochen, daß ich gleich eine Arbeit kriege. Weil bei seiner Firma suchen sie gerade einen Lagerarbeiter. Und er hat gemeint, ich kann bei ihm schlafen, bis ich eine Unterkunft habe. Weil er sowieso immer mit dem Laster unterwegs ist. Da habe ich den Fernfahrer angeschaut und gefragt, ist das wirklich dein Ernst? Ja, sowieso, hat er gesagt und hat mir die Hand darauf gegeben. Da bin ich aufgestanden und habe gesagt, warte auf mich, weil ich komme gleich. Dann bin ich heimgelaufen und habe den Koffer gepackt. Wie ich mit dem Koffer in der Stube gestanden bin, haben sie geschaut, meine Eltern. Ich gehe weg, habe ich gesagt. Ich lasse mir nichts mehr dreinreden, sei still, Vater, habe ich gesagt. Und tu für mich bei der Firma kündigen, habe ich zum Vater gesagt. Die Mutter hat wieder geweint, wie man sich vorstellen kann. Ich bin dann schnell weggegangen. Der Vater ist hinter mir nach, bis zur Haustür. Hat aber kein Wort geredet. Wie ich schon ein Stück weg gewesen bin, hat er etwas geschrien. Ich habe aber zu laufen angefangen und nicht mehr verstanden, was es war. Drei Stunden später bin ich schon in der Stadt gewesen. Es hat alles gut ausgeschaut. Weil die Arbeit habe ich gekriegt und von der Firma aus haben sie mir bald auch ein Zimmer vermittelt. Die Stadt ist schon etwas anderes gewesen. Das hat mich schon sehr gefreut. Immer nach der Arbeit bin ich herumgegangen und habe geschaut. Ein Mordsverkehr ist und viele hohe Häuser. Und die Leute sind ganz anders als wie bei uns. Die schauen ganz anders aus. Nicht so wie unsere Bauern. Ganz andere Gesichter und ein anderes Gewand. Und erst die Geschäfte. Da habe ich geschaut. Von daheim habe ich ein Geld mitgenommen gehabt, was ich gespart habe. Und da habe ich mir gleich ein neues Gewand gekauft. Und zwei schöne farbige Hemden. Und Schuhe auch. Solche, wie man sie bei uns gar nicht anziehen kann, weil sie gleich hin wären. Aber schön sind sie. Auch habe ich jetzt längere Haare, was auch nicht schlecht ausschaut. Aber nicht zu lang. Nicht so wie diese Langhaarigen, die in der Altstadt zu sehen sind. Die nichts arbeiten. Mit denen habe ich nichts zu tun. So bin ich also ganz froh gewesen am Anfang. Aber gekannt habe ich halt niemand. Beim Bundesheer sind zwei aus meinem Dorf dabeigewesen. Das war eine Hetz. Aber jetzt nicht mehr. Weil den Fernfahrer habe ich auch nicht mehr gesehen. Der ist immer auswärts. Das ist nichts, wenn man keinen kennt. Da vergeht dir alles. Jetzt gehe ich halt immer in die Wirtshäuser, damit ich unter Leute komme. Aber außer Saufen ist nichts. Weil die nicht verstehen, was ich rede. Oder tun sie nur so. Auf jeden Fall fragen sie immer, was hast du gesagt? Und behaupten, sie verstehen mich so schwer. Und pflanzen mich. Das ist schon richtig, daß wir in unserem Tal anders reden. Aber daß man mich überhaupt nicht verstehen kann, das soll mir keiner erzählen. Weil da kriege ich einen Zorn. Pflanzen können sie einen anderen. Bei der Arbeit ist es das gleiche. Alle sagen, sie verstehen mich nicht. Wegen denen werde ich nicht Hochdeutsch reden. Weil sie tun es ja auch nicht. Ich verstehe sie aber schon. Da kommt mir in den Sinn, was ein Arbeitskollege gesagt hat, gleich am ersten Tag. Du jugoslawisch, was, hat er gesagt. Ich habe geglaubt, er meint das ernst und habe gesagt, spinnst du, ich bin doch kein Jugoslawe. Aber wie die anderen gelacht haben, ist es mir aufgegangen, das war nur eine Pflanzerei. Da hätte ich ihm beinahe eine geschmiert, habe mich aber zurückgehalten. Da müßte ich ja jeden Tag einen herschlagen, weil sie pflanzen mich ja dauernd. Aber die können mich gern haben. Jetzt tu ich halt meine Arbeit und halte den Mund. Ich muß mit denen ja nicht reden. Obwohl, fein ist es nicht. Der Mensch braucht eine Ansprache. Aber was soll man machen. Zurück gehe ich nicht mehr. Da täten sie alle sagen, jetzt hat er es doch nur ein paar Monate in der Stadt ausgehalten. Und der Vater wäre wieder im Recht. Den Gefallen tu ich ihm nicht. Jetzt höre ich auf mit dem Schreiben für heute. Soviel habe ich mein Lebtag nicht geschrieben, da muß ich mich direkt wundern. Aber die Finger tun mir auch weh. Da tu ich mich leichter, einen LKW ausladen. Da kommt mir in den Sinn,

Freundin habe ich auch noch keine gefunden. Nur einmal habe ich eine Ohrfeige kassiert. Wenn ich einen Kameraden hätte, könnte ich mit ihm ins Puff gehen. Aber allein ist es mir zuwider. Aber dreimal habe ich eine gekriegt in einem Nachtlokal. Ist aber nicht billig gewesen. Aber gepflegt. Jetzt gehe ich schlafen.

Samstag, 24. September. Beim Zusammenpacken ist mir das Heft unter die Augen gekommen. Da habe ich mir gedacht, schreibst du hinein, was dir passiert ist. Wie bereits am Anfang steht, habe ich jeden Tag etwas schreiben wollen. Habe aber mein Versprechen nicht gehalten. Es ist mir doch zu anstrengend gewesen. Am Abend bin ich immer sehr müde gewesen. Um bei der Wahrheit zu bleiben, ich habe immer mehr gesoffen. Weil leicht ist es wirklich nicht. Morgen in der Früh fahre ich wieder heim, was mir gar nicht paßt. Der Vater wird wieder im Recht sein. Aber sagen tu ich ihm nicht, was passiert ist. Das tät ihm so passen. Aber ich will berichten, wie es weitergegangen ist, damit alles seine Ordnung hat. Weil sie mich nicht verstanden haben, besser gesagt, weil sie mich nicht verstehen wollten, habe ich anders reden probiert. Weil der Klügere gibt nach. Obwohl ich ihnen lieber eine in die Goschen gehaut hätte. Ich habe also genau hingehorcht, wie sie hier reden und habe auch so geredet. Aber da hat es Schwierigkeiten gegeben. Weil mir alles durcheinandergekommen ist. Da habe ich immer eine Zeitlang nachdenken müssen, wie das Wort hier gesprochen wird. Da habe ich einfach manchmal ein Brett vor dem Kopf gehabt und es ist mir nicht eingefallen. Da habe ich halt oft länger gebraucht beim Reden. Jetzt haben sie mich wieder ausgespottet. Und bei der Arbeit haben sie mich geschimpft und gesagt, was, was ist los, red, tu weiter, schlaf nicht. Da habe ich eine Wut gekriegt und da hat es nicht viel gefehlt, daß ein paar Zähne fliegen. Auf jeden Fall habe ich dann überhaupt nichts mehr geredet, weil einmal ist Schluß. Ich habe aber gemerkt, wie sie hinter meinem Rücken über mich reden und mich für einen Deppen halten. Ich habe immer eine Wut mit mir herumgetragen. Da bin ich halt immer mehr ins Saufen gekommen. Das war eine Ablenkung. Da ist es mir dann gleich gewesen, wie ich rede. Und ich habe im Wirtshaus mit mir selber geredet. Ganz zu Fleiß und daß es alle gehört haben. Aber einmal ist es genug. Obwohl ich keiner bin, der immer gleich rauft. Und wie sie mich im Wirtshaus wieder einmal verspottet haben, ist es aus gewesen. Einer hat mich ganz saudumm gepflanzt, hat so geredet wie ich, aber ganz übertrieben. Da habe ich gesagt, ich lasse mir meine Sprache nicht beleidigen. Und ich habe ihm den Bierkrug ins Gesicht gehaut. Da bin ich aber eingegangen. Fertiggemacht haben sie mich zu viert und eine bedingte Gefängnisstrafe habe ich gekriegt. Wegen Körperverletzung. Weil ich einen Rausch gehabt habe bei der Rauferei, ist die Strafe nicht so wild gewesen. Aber ein Schmerzensgeld habe ich zahlen müssen, und das nicht wenig. Ich habe meinen gebrauchten VW verkaufen müssen, wo ich so eine Freude gehabt habe. Und eh zuerst dreimal durchgeflogen beim Führerschein. Hat ja auch nicht wenig gekostet. Aber das ist noch nicht alles. Auf das hin hat mich die Firma jetzt entlassen. Wegen der Rauferei. Und weil ich ein paar Bier getrunken habe, bei der Arbeit. Das tun die anderen auch. Aber mich erwischt es immer. Jetzt fahre ich halt wieder heim, weil was soll ich sonst tun. Jetzt ist mir die Lust vergangen, in der Stadt. Das hätte ich mir nicht gedacht, daß das so ausgeht. Jetzt gehe ich noch ein paar Bier trinken, dann schlafe ich besser. Die Hausfrau hat gemeint, ich soll das

Zimmer ausmalen lassen, bevor ich gehe. Die spinnt ja. Hat eh genug verdient an mir.

Sonntag, 25. September. Weil es zwei Uhr in der Nacht ist und ich keine Ruhe habe, schreibe ich noch einmal in das Heft. Ich weiß mir nicht mehr zu helfen. Am liebsten tät ich ins Wasser gehen. Jetzt hocke ich da im Wartesaal am Bahnhof und weiß nicht wohin. Nun will ich berichten, wie es dazu kam. Wie ich heimkomme, hat mich die Mutter in den Arm genommen und hat geweint aus lauter Freude. Aber der Vater hat keine Freude gehabt. Was hat dich denn so schnell zurückgetrieben, hat er gefragt. Da habe ich halt gesagt, es hat mir nicht mehr gefallen. Deine alte Arbeit kriegst du natürlich nicht mehr, hat der Vater gemeint. Und hat mir mitgeteilt, daß die eine Mordswut gehabt haben, wie ich einfach so davongelaufen bin. Und hat gesagt, er hat sich für mich schämen müssen. Sein Chef hat zu ihm gesagt, er hat seinen Sohn schlecht erzogen. Mein Vater hätte mir ein paar hinter die Löffel geben sollen. Da hat sich die Mutter eingemischt und gesagt, ich bin ganz anders geworden. Ich habe gemerkt, sie hat eine Freude mit mir. Sie hat gesagt, ich rede fast schon wie einer aus der Stadt. Da habe ich mich aber schon sehr wundern müssen. Bin ich doch aus der Stadt weg, weil ich nicht so reden kann wie die Leute dort. Da hat der Vater gemeint, ja, ganz anders bin ich geworden. Ganz fremd bin ich ihm geworden. Als wenn ich gar nicht sein Sohn wäre. Da bin ich ins Wirtshaus gegangen. Ich habe auf dem Weg ein paar Bauern überholt. Da hat mir einer nachgerufen, grüßen kannst du wohl auch nicht mehr, was, Jakob? Ich bin weitergegangen und habe mich nicht umgedreht. Aber es hat mir leid getan. Weil ich vergessen hatte, daß wir uns hier alle grüßen. In der Stadt tut man das nicht. Das war ich nicht mehr gewöhnt. Wie wieder zwei Leute vor mir aufgetaucht sind, bin ich hinter ihnen geblieben. Weil es mir so peinlich war. Im Wirtshaus bin ich allein an einem Tisch gehockt und habe zugehorcht. Da ist es mir sehr komisch vorgekommen. Weil mir ist vorgekommen, ich bin ganz woanders als daheim. Ich weiß nicht, wie ich das sagen soll. Ich habe das Gefühl gehabt, das ist nicht meine Sprache, die sie da reden. Obwohl, es ist ja meine Sprache. Aber manchmal habe ich beinahe lachen müssen. So wie die in der Stadt über mich gelacht haben, wenn ich geredet habe. Nein, das stimmt nicht ganz. Weil ich habe ihnen gerne zugehört. Es hat mir gefallen. Aber es war halt ganz anders wie früher. Und es ist mir aufgefallen, daß sie hier viel weniger Wörter hernehmen wie die in der Stadt. Aber sagen tun sie das gleiche. So viele neue Wörter habe ich in der Stadt gelernt, habe ich mir gedacht. Aber genützt haben sie mir gar nichts. Es wird nur alles umständlicher. Ja, so ist es mir durch den Sinn gegangen. Ich habe mein Bier getrunken und habe gehorcht. Und es ist mir auf einmal gleich besser gegangen. Dann haben mich aber ein paar gesehen. Die haben mich gefragt, wie ist es in der Stadt gewesen. Da habe ich halt irgendwas dahergeredet. Und ich habe mich dabei angestrengt, ganz in unserer Sprache zu reden. Aber das ist mir auf einmal ganz komisch vorgekommen. Ich habe es gar nicht mehr richtig gekonnt. Und ich bin mir vorgekommen wie beim Hirtenspiel, wo ich in der Schule einen Hirten gespielt habe. Da ist mir auch gewesen, als wenn ein ganz anderer redet. Und so komisch freundlich bin ich zu ihnen gewesen, so wie ein Fremder. Es ist schwer zu verstehen. Auf jeden Fall haben sie aufgehört mit mir zu reden und ich bin wieder allein dagehockt. Da ist es mir ziemlich dreckig gegangen. Weil das war so: Ich habe gemeint, wenn ich heimkomme, dann ist es wieder so wie früher. Aber es ist mir überhaupt nicht so vorgekommen, als wenn ich daheim wäre. Im Gegenteil. Das war schon schlimm. Und es ist mir in den Sinn gekommen, wenn ich mit meinen Leuten auch nicht mehr reden kann, dann ist es gescheiter, ich fahre in die Stadt zurück. Schlimmer kann es nicht mehr werden. Gesagt, getan. Wie ich mich von den Eltern verabschiedet habe, hat die Mutter geweint und es ist mir ganz anders geworden ums Herz. Aber der Vater hat gesagt, wenn ich jetzt wieder gehe, dann brauche ich mich nie mehr blicken lassen. Da habe ich wirklich nicht mehr gewußt, was tun. Aber weg bin ich doch. Mit dem Bus aus dem Tal, mit dem Zug in die Stadt. Und hocke jetzt im Warteraum und weiß nimmer ein und aus. Aber ins Wasser gehe ich doch nicht. Das täte allen so passen. Heute in der Früh gehe ich gleich zum Arbeitsamt und schaue mich um eine Arbeit um. Weil das Leben geht weiter. Aber die ganze Nacht will ich nicht im Warteraum hocken. Es fällt mir ein, ich könnte ja in dieses Nachtlokal gehen. Weil wenn ich mir da ein Weib aufreiße, komme ich auf andere Gedanken und schlafen kann ich auch bei ihr. Und ich bin nicht allein. Mit einem Weib kann man ja Gottseidank etwas anderes machen. Man braucht ja nicht reden.

Bluttat in Nachtlokal

Der 23jährige, wegen Körperverletzung bereits vorbestrafte Hilfsarbeiter Jakob K. erschlug am Montag um halb vier Uhr morgens den Geschäftsführer eines berüchtigten Nachtlokals. Wie Zeugen aussagten, hatte ein betrunkener Gast den ebenfalls betrunkenen Jakob K. wegen seines Dialekts verspottet, worauf der Hilfsarbeiter gewalttätig wurde. Daraufhin griff der Geschäftsführer ein und wollte Jakob K. aus dem Lokal weisen. Jakob K. widersetzte sich aber und redete wirr auf den Geschäftsführer ein, worauf ihn dieser mit Gewalt zur Tür beförderte. Plötzlich riß sich Jakob K. los, packte den Geschäftsführer bei den Haaren und stieß dessen Kopf mehrmals gegen die Glastür, bis sie zersplitterte. Der Geschäftsführer starb noch auf dem Transport ins Krankenhaus an seinen Kopfverletzungen. Jakob K. ließ sich von der Polizei ohne Gegenwehr festnehmen. Als man ihn aber zur Person und zur Tat befragte, schwieg er hartnäckig. Nach seiner Ausnüchterung wurde er dem Polizeipsychologen vorgeführt, aber auch diesem gelang es nicht, Jakob K. zum Sprechen zu bringen. Da Jakob K. weiterhin beharrlich schwieg, wurde er inzwischen zur Beobachtung in die Psychiatrische Klinik eingeliefert.

Konrad oder
Das Befinden des Führers hat sich nicht
verschlechtert – im Gegenteil

Konrad ist eben beim Umpflügen des Kartoffelfeldes, als der Gendarm mit dem Rad vorbeifährt und herüberruft, daß der Führer schwer erkrankt sei. Gerne würde Konrad Genaueres in Erfahrung bringen, aber der Gendarm scheint es sehr eilig zu haben. Während Konrad den Pflug in den steinigen Boden drückt und das Pferd immer wieder mit Zungenschnalzen antreibt, denkt er an den Führer. An den Führer, der ihn, den kleinen Grundpächter Konrad, vor genau siebenunddreißig Jahren Freund genannt hatte. Der ihm mit diesem Wort Freund das Ehrenkreuz 2. Klasse an den zerrissenen Rock geheftet und ihn auf beide Wangen geküßt hatte. Konrad sieht den Führer immer noch so vor sich, wie damals, vor siebenunddreißig Jahren. Ein mittelgroßer, um den Bauch etwas dicklicher Mann Anfang Vierzig, mit einem gesunden, runden Gesicht, aus dem eine scharfe Adlernase ragt. Auf einem Panzerwagen stehend, bekleidet mit der hellbraunen Generaluniform, war der Führer ins Dorf eingefahren. Und hatte ihn, Konrad, Freund genannt und ihm das Ehrenkreuz 2. Klasse verliehen. Für besondere Tapferkeit im Kampf gegen die Roten. War das ein Fest gewesen! Alle Dorfbewohner hatten sich versammelt, die beiden klügsten Kinder sagten dem Führer Gedichte auf, der Grundherr, der Bürgermeister und der Pfarrer hielten Ansprachen, und die Soldaten schossen mehrere Salven ab und riefen – schon halb betrunken: »Es lebe der Tod!« Und mitten auf dem Dorfplatz lagen die Leichen der Roten. Man hatte sie absichtlich noch nicht begraben, um sie dem Führer präsentieren zu können. Dieser zeigte sich auch sehr zufrieden und lud die ganze Dorfbevölkerung ein, auf Kosten der Kriegskasse zu essen und zu trinken, soviel man nur wollte. Konrad wurde zum Tisch des Führers eingeladen und aufgefordert, genau von seiner Heldentat zu berichten. Vor Aufregung brachte er aber kein Wort heraus, saß nur da, mit dem schweren Maschinengewehr auf dem Rücken, das er sich zu Ehren des Führers umgeschnallt hatte, und der Schweiß lief in Strömen über sein Gesicht. Schließlich sprach der Grundherr anstelle Konrads. Dieser war es ja auch gewesen, der Konrad dem Führer für eine Auszeichnung empfohlen hatte. Und so erzählte der Grundherr also von Konrads Heldentat, und Konrad hörte zu, und es war ihm, als ob von einem ganz anderen die Rede wäre. Er, Konrad, sei im Wald oben auf ein Waffenlager der Roten gestoßen. Er, Konrad, habe sich angeschlichen und habe den ersten Wächter von hinten erstochen. Er, Konrad, habe dem zweiten Wächter so lange zugesetzt, bis dieser verriet, daß die Roten auf dem Weg zum Dorf seien. Er, Konrad, habe ein Maschinengewehr genommen und Munition und sei zum Dorf hinuntergelaufen. Dann habe er, Konrad, sich auf dem Felsen vor dem Dorf postiert und habe die Roten allesamt über den Haufen geschossen, als sie nichtsahnend des Weges kamen. Damit habe er, Konrad – so der Grundherr –, wahrscheinlich auch sein, des Grundherrn Leben gerettet, denn sicher hätten die Roten ihn, den Grundherrn, getötet. Und nicht nur ihn, sondern gewiß auch den Pfarrer und die Nonnen im Kloster auf der anderen Talseite. Man wisse ja, so der Grundherr, daß die Roten vor nichts zurückschrecken.

Als der Grundherr seinen Bericht geendet hatte, klatschten alle, die rundum saßen, begeistert Beifall, und der Führer schenkte Konrad eine Fotografie seinerselbst mit persönlicher Widmung. Bevor der Führer das Dorf wieder verließ, wurden aus dem Rathauskeller jene fünfzehn Männer geholt, die nachweislich mit den Roten sympathisiert hatten. Man stellte sie an die Friedhofsmauer, und der Führer ging zu jedem einzelnen hin und sah ihn durchdringend an. Dann gab er den Befehl zur Exekution. Vier der Roten riefen, bevor die Schüsse knallten: »Es lebe die Republik!« Konrad verstand nicht, was mit Republik gemeint war. Es war ihm überhaupt alles unverständlich, was diese Roten sagten und taten. Er wußte nicht einmal, warum man sie Rote nannte. Konrad wußte nur – und das hatten der Grundherr und der Pfarrer gesagt, die ja gescheite Leute sind –, daß die Roten nicht an Gott glauben, daß sie das Land verraten und verkaufen und die Grundherren umbringen wollen. Die Grundherren! Man stelle sich das vor! Die Grundherren, die den Menschen Arbeit geben. Was sollte Konrad ohne den Grundherrn anfangen? Der Grundherr verpachtet ja Land an ihn, Land, auf dem Konrad Obst, Kartoffeln und Getreide anbauen kann. Und am Ende des Jahres gehört dann eine Hälfte des Ertrages ihm, Konrad, und die andere Hälfte dem Grundherrn. – So war es früher und so ist es heute –, denkt Konrad. – Gott hat den Führer zum Führer, den Grundherrn zum Grundherrn, und mich, Konrad, zum einfachen Bauer bestimmt. Das Leben ist so einfach und klar. Man weiß, woran man ist. Und dann kommen diese Roten und bringen alles durcheinander!

Das scharfe Knirschen des Pfluges reißt Konrad aus seinen Gedanken. Es geht nicht mehr weiter. Konrad muß erst einen großen Stein ausgraben. Gegen Mittag ist das Feld endlich fertig gepflügt, Konrad spannt das Pferd aus und geht mit ihm nach Hause. Beim Essen erzählt ihm die Frau, sie habe im Dorf von einem, der ein Radio besitzt, erfahren, daß der Führer einen Herzanfall erlitten habe und nun im Sterben liege. Zuerst habe es ja geheißen, er leide nur an Grippe, aber das sei ein Irrtum gewesen. Konrad nimmt das Bild des Führers von der Kommode und betrachtet es lange. Dann sagt er auf einmal: »Hör zu Frau: ich fahre in die Hauptstadt und besuche ihn.« »Was? Wie?« fragt die Frau. »Wen besuchst du?« »Den Führer«, sagt Konrad, »den Führer will ich besuchen.« Die Frau schaut Konrad entgeistert an: »Was?? Du willst den Führer besuchen??« »Ja«, sagt Konrad, »das ist mein Entschluß. Ich möchte ihn noch einmal sehen, bevor er stirbt.« »Aber Mann«, ruft die Frau, »du wirst doch nie und nimmer zu ihm vorgelassen!« »Warum denn nicht?« sagt Konrad. »Warum denn nicht, Frau? Er hat mich Freund genannt. Er hat mir das Ehrenkreuz verliehen. Und er hat mich geküßt.« »Aber das ist doch schon bald vierzig Jahre her!« sagt die Frau. »Der erinnert sich doch nicht mehr an dich!« »Red nicht, Frau!« sagt Konrad. »Mein Entschluß steht fest. Ich fahre in die Hauptstadt. Morgen früh schon.« Die Frau versucht, Konrad dieses Vorhaben auszureden, aber es gelingt ihr nicht. Konrad nimmt Geld aus der Schatulle, packt Brot und Speck in den Rucksack, zieht seine Feiertagskleider an, steckt sich das Ehrenkreuz an den Rock und das Bild des Führers in die Tasche und geht noch in der Nacht los.

Nach sechs Stunden Fußmarsch ist Konrad in der Bezirkshauptstadt angelangt, wo er den ersten Schnellzug in die Landeshauptstadt besteigt. Obwohl Konrad sehr aufgeregt ist, weil er seit über zwanzig Jahren nie mehr in einem Zug gefahren ist, schläft er – müde vom langen Marsch – bald ein. Über fünf Stunden schläft Konrad, dann holt er Speck und Brot aus dem Rucksack und stillt seinen Hunger. Die restlichen drei Stunden Fahrt verbringt Konrad damit, auf die vorbeisausende

Landschaft zu schauen und für den Führer zu beten. Immer wenn der Schaffner vorübergeht, fragt Konrad ihn, wie lange es wohl noch dauern werde, bis die Hauptstadt erreicht sei. Als die ersten Häuser der Hauptstadt zum Vorschein kommen und der Zug sein Tempo etwas verlangsamt, hängt Konrad seinen Rucksack um und macht sich zum Aussteigen bereit. Aber fast eine halbe Stunde dauert es noch, bis der Zug anhält und Konrad draußen das Wort HAUPTBAHNHOF liest. Konrad steigt aus, und in dem Gewirr von Menschen wird ihm richtig angst und bange. Und als er das Bahnhofsgebäude verläßt und den großen Platz davor betritt, reißt er die Augen auf und staunt wie ein Kind. Niemals hat er so viele Menschen gesehen, niemals so viele Autos und so viele Häuser. Und so hoch sind diese Häuser. Konrad schwindelt es geradezu, wenn er längere Zeit nach oben blickt. Und die Menschen sehen alle ganz anders aus, als die Menschen zu Hause. Ihre Gesichter sind anders, ihre Kleider sind anders, und auch ihr Gang. Überhaupt ihr ganzes Gehabe ist anders.

Konrad überlegt, was jetzt zu tun sei. Er beschließt, sich erst ein wenig die Stadt anzusehen, bevor er den Führer besucht. Die Autos flößen Konrad einen heillosen Respekt ein, und er vermeidet es zuerst, Kreuzungen zu überqueren. Bald aber hat er den Sinn und die Funktion der Ampeln begriffen und geht stolz und selbstbewußt über die Straße, wenn das grüne Licht erscheint. Wohl eine Stunde wandert Konrad umher und bestaunt all die seltsamen Dinge, die es da zu sehen gibt. Auf besonders riesigen Gebäuden, die nur aus Glas zu bestehen scheinen, erblickt Konrad riesige Buchstaben, die Worte bilden. Konrad, der nicht sehr gut lesen kann, versucht die Worte zu entziffern. Es gelingt ihm auch, aber er versteht ihren Sinn nicht. IBM liest er; und COCA-

COLA; und ESSO; und ITT; und UNILEVER; und SHELL; und PHILIPS.

Müde setzt sich Konrad schließlich an einen der Tische, die da auf dem Gehsteig stehen. Er holt den Speck und das Brot aus dem Rucksack und beginnt zu essen. Die Leute, die an den Tischen um Konrad sitzen, stoßen sich gegenseitig an und lachen, und Konrad nickt ihnen freundlich zu. Dann kommt ein Mann mit weißer Schürze und sagt zu Konrad, eigentlich sei es nicht statthaft, daß man sein Essen ins Kaffeehaus mitbringe, aber wenn der Vater etwas bestellen möchte, dann wolle er ein Auge zudrücken. Konrad lächelt und bestellt ein Bier. Nachdem er Brot und Speck wieder verstaut hat, zündet er sich ein Pfeifchen an und lauscht auf die Gespräche der Menschen um ihn. Fast alle reden über die Krankheit des Führers. Sein, des Führers Befinden, habe sich sehr verschlechtert, sagen sie. Man habe ohnehin nicht an die Geschichte von der Grippe geglaubt, die anfangs verbreitet worden sei. Gestern habe der Schwiegersohn des Führers diesem unter Vorspiegelung von falschen Tatsachen eine Rücktrittserklärung zur Unterschrift vorgelegt. Der Führer habe aber den Trick durchschaut, habe »Verrat!« gerufen und einen neuerlichen Herzanfall erlitten. Es sei ihm daraufhin die Letzte Ölung gespendet worden, und der Kardinal-Erzbischof habe die Bevölkerung des Landes zum Gebet für des Führers Gesundheit aufgerufen. Als Konrad das hört, denkt er, daß er sich beeilen müsse, um den Führer noch lebend anzutreffen. Einer der Gäste trägt ein Radio bei sich, das er jetzt einschaltet. Es ertönt Trauermusik, und Konrad befürchtet schon, der Führer sei gestorben. Dann wird aber die Musik unterbrochen und ein Sprecher teilt mit, daß seine Exzellenz, der Informationsminister, nun das neueste ärztliche Bulletin verlesen werde. Konrad verschiebt es auf später, über das Wort Bulletin nachzudenken und horcht gespannt. Der Zustand des Führers, so erklärt der Informationsminister, habe sich durch plötzlich aufgetretenes hohes Fieber weiter verschlechtert, die Ärzte hätten aber die Hoffnung noch keineswegs aufgegeben. Eine baldige Besserung des Gesundheitszustandes des Führers sei nicht auszuschließen. Konrad steht auf und fragt einen jungen Mann, der allein am Nebentisch sitzt, ob er ihm sagen könne, wo der Führer wohnt. Der junge Mann schaut etwas erstaunt und erklärt Konrad dann den Weg zum Palast des Führers. Konrad geht das viel zu schnell, aber er tut so, als ob er alles verstanden hätte, und macht sich auf den Weg. Der junge Mann hat ihm empfohlen, mit der Straßenbahn zu fahren, aber Konrad möchte nicht unnütz Geld ausgeben, da er nur sehr wenig mitnehmen konnte. Er geht deshalb zu Fuß und wendet sich alle paar hundert Meter an einen vertrauenswürdig aussehenden Passanten, um sich nach dem Weg zu erkundigen. Über zwei Stunden ist er unterwegs gewesen, und die Sonne steht schon sehr tief, als er endlich beim Palast des Führers eintrifft. Eine große Menschenmenge ist vor den Stufen versammelt und blickt zu den Fenstern des Palastes hinauf. Überall stehen schwerbewaffnete Polizisten, und Konrad sieht auch mehrere Polizisten zu Pferd, die immer wieder scharf an der Menge vorbeireiten und sie zurückdrängen. Konrad zwängt sich durch die Leute, tritt zu einem der Polizisten und sagt: »Kamerad, würdest du bitte die Güte haben und mich zum Führer bringen. Ich möchte ihm nämlich einen Besuch abstatten.« Der Polizist sieht Konrad verblüfft an und beginnt dann zu lachen. »Hör zu, lieber Vater«, sagt er, »der Führer kann keine Besuche empfangen. Er ist zu krank dafür.« Konrad deutet auf die schwarzgekleideten Herren, die eben einer Limousine entstiegen sind und die Treppen hinaufeilen: »Und was ist mit denen? Die gehen ja auch zu ihm.« »Das war der Innenminister«, sagt der Polizist. »Solche wichtigen Leute dürfen natürlich zu ihm.« »Aber hör doch, Kamerad«, sagt Konrad. »Ich möchte ihm ja nur die Hand schütteln. Ich geh ja gleich wieder. Schau her« – Konrad zeigt sein Ehrenkreuz -, »das hat mir der Führer persönlich verliehen. Ich habe auch ein Bild von ihm« – Konrad zieht es heraus und hält es dem Polizisten hin -, »hier, schau her, hinten ist eine Widmung des Führers.« »Das ist ja alles schön und gut, Vater«, sagt der Polizist, »aber du kannst trotzdem nicht zu ihm.« »Kamerad!« sagt Konrad. »Ich habe meine Arbeit liegen und stehen lassen und bin einen ganzen Tag lang hierher unterwegs gewesen, nur um den Führer zu sehen! Das kannst du mir doch nicht antun, daß ich umsonst von so weit her gekommen sein soll!« Als der Polizist darauf antworten will, tritt ein Offizier heran und sagt zum Polizisten: »Sie haben sich hier nicht mit den Leuten zu unterhalten, sondern dafür zu sorgen, daß sie weiter zurückgehen! Verstanden?« Der Polizist salutiert, schiebt Konrad mit beiden Armen in die Menge zurück und ruft über ihn hinweg: »Los, alles zurücktreten, weiter zurücktreten, macht Platz da!« Die Leute schimpfen und ein Mann schreit: »Ihr tut ja gerade so, als ob wir gekommen wären, den Führer umzubringen! Wir sind doch hier, weil wir ihn lieben! Was sind denn das für Zustände?!« Der Offizier läßt seine Reitpeitsche an den Stiefelschaft knallen und sagt scharf: »Wenn ihr anfangt, da herumzubrüllen, dann lasse ich euch alle festnehmen, verstanden?!« Es ist einen Moment ganz still, und Konrad geht traurig weg und setzt sich in einen Park. Dann bricht die Dunkelheit herein. Konrad fühlt sich allein und verlassen, wie noch nie in seinem Leben. Er nimmt den Rucksack ab, streckt sich auf der Bank aus und versucht zu schlafen. Und versucht, sich zu trösten. Er, Konrad, würde schon eine Möglichkeit finden, zum Führer zu gelangen. So schnell sei er, Konrad, nicht von einem einmal gefaßten Entschluß abzubringen.

Schon vor Sonnenaufgang erwacht Konrad von der Kälte, die ihm den Rücken hinaufkriecht. Er geht hinüber zum Palast, wo jetzt keine Menschen stehen, und versucht bei einem der Polizisten erneut sein Glück. Aber vergebens. Konrad läßt jedoch nicht locker. Hartnäckig, wie er ist, probiert er es auch an den folgenden Tagen immer wieder. Die Polizisten kennen ihn schon. »Da ist er wieder, der alte Narr!« sagen sie zueinander, wenn sie ihn kommen sehen. Sie behandeln Konrad freundlich und mit viel Geduld. Nur der Offizier, an den sich Konrad auch einmal wendet, schlägt ihm wortlos die Peitsche ins Gesicht. Konrad geht wieder und denkt sich: Wenn der Führer das wüßte! Wenn der Führer das wüßte, wie man mit seinen alten Kampfgefährten umspringt!

Nachts schläft Konrad jetzt im Warteraum des Hauptbahnhofes. Er hat entdeckt, daß viele Obdachlose das so machen. Tagsüber hält Konrad sich meistens vor einem Elektrogeschäft auf. Über dessen Eingangstür befindet sich nämlich ein Lautsprecher, der die Radionachrichten auf die Straße überträgt. Hier hört sich Konrad immer die neuesten Meldungen über das Befinden des Führers an. Er kauert stundenlang bewegungslos in einer Nische, und wenn die Trauermusik unterbrochen wird und der Informationsminister sich zu Wort meldet, hebt Konrad den Kopf und lauscht angestrengt.

Dienstag abend: Die Ärzte hätten, so der Informationsminister, im Befinden des Kranken eine außergewöhnliche Besserung festgestellt. Der Führer sei völlig fieberfrei, sein Puls gehe normal.

Mittwoch morgen: Der Führer habe, so der Informationsminister, einen bedauerlichen Rückfall erlitten und sein Zustand sei extrem ernst. Die siebzehn Ärzte, die sich um den Führer bemühen, hätten ihn ein medizinisches Wunder genannt. Mittwoch abend: Der Kardinal-Erzbischof habe, so der Nachrichtensprecher, dem Führer die kostbarste Reliquie des Landes gebracht, und zwar einen Teil des Mantels der Heiligen Jungfrau Maria. Der Führer habe daraufhin die Augen geöffnet, habe die Reliquie geküßt und sei dann in Tränen ausgebrochen. Sein Zustand habe sich in der Folge etwas gebessert.

Donnerstag nachmittag: Der Führer sei, so der Nachrichtensprecher, in das zweihundert Meter vom Palast entfernte Krankenhaus eingeliefert worden. Und nun verlese seine Exzellenz, der Informationsminister, daß neueste ärztliche Bulletin. Konrad schlägt ein Kreuz, steht auf und blickt nach dem Lautsprecher, um nur ja kein Wort zu überhören. Die Ärzte hätten, vernimmt Konrad, am Führer mehrere Krankheiten konstatiert, und zwar: Herzentzündung, Lungenödem, innere Blutungen, Venenentzündung, Lähmung des Verdauungstraktes und eine Embolie in der Leber. Konrad geht in die nahe Kirche, zündet für den Führer ein paar Kerzen an und betet mehrere Stunden.

Am Freitag wird verlautbart, daß der Führer eine Notoperation gut überstanden habe und daß die wichtigsten Körperfunktionen wieder eine befriedigende Tätigkeit aufzeigen. Die Ärzte hätten den Führer nach einem Blutsturz im letzten Augenblick noch vor dem inneren Verbluten bewahren können. Sie hätten die Blutung einer geplatzten Arterie im Verdauungstrakt gestillt, hätten ein Magengeschwür entfernt und zwei Löcher in der Magenwand zugenäht. Es seien dem Kranken während der Operation siebeneinhalb Liter Blut übertragen worden. Inzwischen habe die Gemahlin des Führers in der Palastkapelle die Gnade Gottes für das Gelingen der Operation herabgefleht.

Am Sonntag dann hört Konrad, der Führer leide jetzt außerdem an Bronchitis, an Bauchwassersucht, Nervenentzündung, weiteren Komplikationen in den Arterien und an Rippenfellentzündung. Das Ärzteteam sei nun auf dreißig Mann angewachsen.

Konrad hat es jetzt aufgegeben, zum Führer gelangen zu wollen. »Ich will so lange warten«, denkt er, »bis es ihm wieder etwas besser geht und man ihn in den Palast zurückbringt. Dann will ich es wieder versuchen.«

Das Stück Speck und der Laib Brot sind nun aufgebraucht und Konrad muß sich das Essen kaufen. Da aber sein Geld nur ein paar Tage reichen wird, beschließt Konrad, sich nach Arbeit umzusehen. Er geht zu einer Ziegelfabrik, an der er schon öfter vorbeigekommen ist, und fragt dort den Portier, ob eine Stelle frei sei. Der Portier schickt ihn zum Personalchef, und als Konrad diesem erzählt, warum er in die Hauptstadt gekommen ist, umarmt ihn der Personalchef und sagt etwas, das wie ein Gedicht klingt. Konrad merkt sich nur, daß der Satz »Oh, du mein treues Herz, wie rührst du mich!« darin vorkam. Man gibt Konrad eine Arbeitskluft und führt ihn zum Lagerplatz, wo die Ziegel auf Paletten gestapelt werden.

Zum erstenmal kommt Konrad in dieser großen, fremden Stadt mit anderen Menschen in näheren Kontakt. Konrad fürchtet sich ein wenig vor diesen Leuten, obwohl sie ihn nicht unfreundlich behandeln. Er bleibt ziemlich schweigsam und erzählt kaum etwas über sich, obwohl ihn die Arbeiter auszufragen versuchen. Man spricht natürlich auch hier über die Krankheit des

Führers, und Konrad hört, wie einer der Arbeiter sagt, er habe zwar nicht viel übrig für den Alten, aber man solle ihn doch endlich sterben lassen und nicht unnütz quälen. Da greift Konrad aber doch ins Gespräch ein und sagt, daß er nicht dieser Meinung sei, und daß auf jeden Fall alles getan werden müsse, um den Führer am Leben zu erhalten. Im Radio hat Konrad kürzlich aus dem Munde eines Generals einen sehr schönen Satz gehört, der lautete: »Das Herz des Führers ist die Uhr unseres Landes.« Konrad wiederholt nun diesen schönen Satz den Arbeitern gegenüber, aber er scheint ihnen nicht zu gefallen. Einer der Arbeiter lacht sogar höhnisch auf und meint, daß diese Uhr schon lange falsch gehe. »Viel zu lange schon. An die vierzig Jahre geht diese Uhr schon falsch, lieber Vater!« Konrad weiß nicht genau, was gemeint ist, aber er will auch nicht danach fragen. Gerade dieser Arbeiter hat nämlich Konrad eingeladen, bei ihm zu nächtigen, bis er ein Zimmer habe, und aus diesem Grund möchte Konrad ihn nicht verärgern.

Am Abend bekommt Konrad nach so langer Zeit endlich wieder einmal etwas Warmes in den Magen. Obwohl er sich dabei schämt, löffelt Konrad fast den ganzen Topf Gerstensuppe allein aus. Der Arbeiter und seine Frau sehen ihm lächelnd zu und muntern ihn auf, weiterzuessen, als er verlegen den Topf wegrücken will und meint, nun sei es aber wohl genug. Dann wird das Radio eingeschaltet, worauf Konrad schon begierig gewartet hat. Und bald meldet sich auch wieder der Informationsminister und teilt mit, der Führer werde jetzt künstlich beatmet und künstlich ernährt, man habe ihm einen Herzschrittmacher eingepflanzt und er sei außerdem an eine künstliche Niere angeschlossen. Es gehe ihm den Umständen entsprechend. Konrad beginnt zu weinen, und die Frau sieht ihn überrascht an. Der

Mann schüttelt den Kopf und zuckt die Achseln. Mit seinen breiten, schweren Händen wischt sich Konrad die Tränen aus den Augen und ersucht seine Gastgeber, ihm zu verzeihen. Die Frau fragt Konrad, ob er einen Wunsch habe, und Konrad bittet, man möge ihm vorlesen, was über den Führer in der Zeitung steht. Der Mann nimmt etwas unwillig eine Zeitung und liest laut daraus vor. Gestern sei der Führer wieder einer stundenlangen Operation unterzogen worden. Man habe ihm fast zur Gänze den Magen entfernt. Der Führer komme nur noch sehr selten zu sich und werde dann mit schmerzlindernden Mitteln sofort in einen Dämmerzustand versetzt. Plötzlich legt der Mann die Zeitung weg und schlägt eine andere auf. Konrad sieht, daß es eine ausländische sein muß, denn er kann den Namen der Zeitung nicht entziffern. Der Mann liest wieder laut vor. Mehrere berühmte französische Ärzte, so liest er, hätten erklärt, sie hielten es für grausam, einen so alten Mann solch hoffnungslosen Prozeduren zu unterziehen. Das Gehirn des Führers müsse ja durch die Durchblutungsstörungen bereits stark beschädigt sein. Jeden anderen Menschen würde man unter diesen Umständen in Ruhe und Frieden sterben lassen. Es seien gewiß nur politische Erwägungen dafür maßgeblich, daß der Führer künstlich am Leben erhalten werde. Der Arbeiter blickt von der Zeitung auf und sieht Konrad an. Dieser weiß nicht recht, was er davon halten soll, und er sagt unschlüssig, das seien ja wohl alles Rote, Freimaurer und Juden, und man dürfe den Ausländern nicht glauben. Der Arbeiter lacht und fragt, woher denn Konrad das habe. Vom Führer selbst, sagt Konrad, wüßte er das. Damals, vor siebenunddreißig Jahren, sei der Führer in sein Dorf gekommen, habe ihn, Konrad, Freund genannt, habe ihm das Ehrenkreuz 2. Klasse verliehen und habe in einer bewegenden Ansprache darauf hingewiesen, daß an allem Bösen nur die Roten, die Freimaurer und die Juden schuld seien. Der Arbeiter schüttelt den Kopf: »Du glaubst wohl auch alles, was man dir erzählt, was, Vater?« Konrad antwortet, er habe immer alles für gut und richtig gehalten, was vom Führer und seiner Partei ausgegangen sei. Er wisse keinen Grund, anders zu handeln. »Lieber Vater«, sagt der Arbeiter, »du hast ja keine Ahnung, was wirklich los ist, was sich wirklich abspielt in diesem Land! Weißt du, was zur Zeit passiert? Tausende von Menschen werden verhaftet! Wahllos verhaftet! Verhaftet, eingesperrt und gefoltert!« »Ja, warum denn?« fragt Konrad. »Weil die ganze Clique Angst hat!« sagt der Arbeiter. »Sie haben Angst, es kommt zur Revolution, wenn der Führer stirbt! Deshalb versuchen sie ja auch so krampfhaft, ihn am Leben zu halten! Der Führer darf erst sterben, wenn die gesamte Opposition sich hinter Schloß und Riegel befindet! Verstehst du, Vater? So läuft das!« »Ich verstehe überhaupt nichts«, sagt Konrad. »Wer weiß, ob du mir die Wahrheit sagst. Vielleicht bist du auch ein Roter. Oder ein Freimaurer. Oder ein Jude. Aber ich möchte das gar nicht wissen. Du bist gut zu mir. Ich möchte lieber nichts wissen. Ich fahre bald wieder nach Hause. Dort ist alles einfach. Dort verstehe ich alles. Hier gefällt es mir nicht.« Der Arbeiter will darauf antworten, aber Konrad bittet, schlafen gehen zu dürfen, er sei sehr müde. Und ob er sich vorher noch waschen könne. Die Frau zeigt Konrad die Dusche, erklärt ihm, wie sie funktioniert und richtet sein Bett her. Konrad glaubt zuerst, ertrinken zu müssen, als das warme Wasser auf ihn herunterfließt. Er hat noch nie so einen seltsamen Apparat gesehen. Nachher, im Bett, spricht Konrad noch lange mit Gott und bittet ihn inbrünstig, dem Führer die Gesundheit wiederzugeben.

Am Morgen, beim Frühstück, hört Konrad im Radio, daß im Befinden des Führers eine neuerliche Verschlechterung eingetreten sei. Er leide an der Parkinsonschen Krankheit, an Mundinfektion, an einem Blutgerinnsel in der Bauchvene und an zusehends fallendem Blutdruck. Außerdem weite sich das Lungenödem vom rechten auf den linken Lungenflügel aus. Der Führer habe bis jetzt insgesamt fünfundfünfzig Liter Bluttransfusionen erhalten. Sein Körpergewicht betrage nur mehr fünfunddreißig Kilogramm. Konrad ist verzweifelt. Langsam beginnt auch er zu glauben, daß das Leben des Führers sich dem Ende zuneigt. Den ganzen Tag über wartet er auf neue Nachrichten, aber es wird nur immer wieder verlautbart, das Befinden des Führers sei unverändert schlecht.

Am folgenden Tag werden überhaupt keine ärztlichen Bulletins ausgegeben und auch in den Zeitungen steht nichts Neues. Konrad ist beunruhigt und er fragt sich, was das wohl zu bedeuten habe.

Am Morgen des dritten Tages erfährt Konrad aus dem Radio, daß der Informationsminister sich beim Reinigen der Pistole versehentlich erschossen habe. Gleich nach dieser Meldung verliest sein Nachfolger das neueste ärztliche Bulletin. Im Befinden des Führers sei eine überraschende Besserung eingetreten. Er habe das Bewußtsein wiedererlangt und sei bei klarem Verstande. Man habe den Führer aus dem Krankenhaus in den Palast zurückgebracht. Die Ärzte seien voller Hoffnung, was die Wiedergesundung des Führers anbetreffe. Trotz seiner zahlreichen Krankheiten habe er eine äußerst kräftige Konstitution und vor allem den starken Willen zum Überleben. Nun aber müsse er, der Informationsminister, dem Volk noch mitteilen, daß sein Vorgänger aus bisher unbekannten Gründen den Gesundheitszustand des Führers häufig schlechter dargestellt habe, als er in Wirklichkeit gewesen sei. Auch einige Zeitungen hätten in dieser Sache eine eher üble Rolle gespielt, und es seien hier entsprechende Maßnahmen zu ergreifen beziehungsweise schon ergriffen worden.

Konrad springt auf, als er dies hört, und umarmt den Arbeiter und dessen Frau und kann sich kaum fassen vor Glück. Seine beiden Gastgeber scheinen sich aber überhaupt nicht zu freuen, und der Arbeiter sagt: »Da ist doch was faul! Wenn da nicht was faul ist! Der Informationsminister erschießt sich aus Versehen, und der Führer ersteht plötzlich von den Toten!« Aber Konrad hört gar nicht hin, er ist einfach zu glücklich. Als der Arbeiter mit ihm zu schimpfen beginnt, sagt die Frau, er solle es doch gut sein lassen, der alte Vater begreife ja ohnehin nichts.

Während der Mittagspause in der Fabrik sitzt Konrad mit den Arbeitern im Freien auf den Ziegeln. Man ißt, diskutiert und liest in den Zeitungen. Plötzlich lacht der Arbeiter, bei dem Konrad wohnt, wütend auf und liest einen Artikel vor, in dem steht, daß die gleiche künstliche Niere, an die der Führer angeschlossen war, nun ein junger Mann bekommen habe, der von der Polizei gefoltert worden sei. Die Zunge und die Lippen des Mannes seien gespalten und die Nieren durch Schläge schwer verletzt. Der Körper weise außerdem zahlreiche Knochenbrüche auf. »Diese Schweine!« schimpft der Arbeiter. »Diese verdammten Schweine! – Dabei hat der Junge noch Glück gehabt. Die meisten lassen sie ja einfach krepieren! Aber wartet nur! Wartet nur! Nicht mehr lange, dann geht es euch an den Kragen! Wenn der Alte abkratzt – und das dauert sicher nicht mehr lange, ganz gleich, wie sie's anstellen –, wenn der Alte abkratzt, dann haben sie nämlich ihren Schutzheiligen verloren. Dann werden wir sie allesamt zur Hölle schicken!«

Konrad steht auf und geht wortlos weg. Er kann nicht länger hierbleiben. Eigentlich müßte er den Arbeiter erstechen. Wie damals die Roten. Aber Konrad will nicht. Er möchte niemanden mehr töten. Konrad gibt seine Arbeitskluft ab, holt sich bei der Kasse seinen Lohn, steckt das Ehrenkreuz wieder an seinen Rock und macht sich auf den Weg zum Palast des Führers. Er kommt an einigen Zeitungskiosken vorbei und sieht, daß sie alle geschlossen sind. Man wird die Verkäufer festgenommen haben, denkt Konrad. Weil sie solche Zeitungen führen wie jene, aus der dieser rote Arbeiter oder Freimaurer oder was immer er ist, vorgelesen hat.

Beim Palast des Führers angekommen, stellt Konrad sich in die wartende Menge und ist sehr froh, weil er weiß, daß alle, die da stehen, den Führer lieben. Er hört die Leute davon sprechen, daß der Schwiegersohn des Führers einen berühmten Arzt aus Südafrika, einen sogenannten Herzspezialisten, zur Jagd eingeladen habe. Zur Jagd, man könne sich schon denken, was das in Wirklichkeit bedeute. Konrad lauscht aufmerksam und erfährt, daß es möglich sein soll, menschliche Herzen zu verpflanzen. Ein alter Mann neben Konrad, der das Ehrenkreuz an dessen Rock sieht, begrüßt ihn überschwenglich und erklärt, daß er im Bürgerkrieg ebenfalls auf Seiten des Führers gekämpft habe. Konrad fragt den Alten, wie das mit der Herzverpflanzung sei und ob ein neues Herz den Führer gesund machen würde. »Und ob!« meint der Alte. »Und ob! Ein neues Herz würde einen neuen Menschen aus dem Führer machen. Das Herz ist nun einmal das wichtigste Organ. Mit einem neuen Herz würde der Führer sicher über hundert Jahre alt!« Ein neues Herz, denkt Konrad, ein neues Herz für den Führer... Plötzlich ruft er laut: »Mein Herz für den Führer! Mein Herz für den Führer!« Die Leute drehen sich nach Konrad um und schauen ihn verständnislos an. »Ich schenke dem Führer mein Herz!« ruft Konrad wieder. »Der Arzt aus Südafrika soll kommen und es sich holen!« Die Menschen um Konrad begreifen nun, was er meint und beginnen zu klatschen und in Bravo-Rufe auszubrechen. Die Polizisten an der Absperrung werden unruhig, weil sie nicht wissen, was das bedeuten soll, und auf dem Dachrand des Palastes erscheinen die Läufe von Maschinengewehren. Zwei der berittenen Polizisten traben auf ihren Pferden heran und fragen, was los sei. Man sagt ihnen, daß der alte Vater hier dem Führer sein Herz opfern möchte. Die Polizisten schauen erstaunt, murmeln »Aha« und »Soso« und reiten wieder weg. Dann tippt ein junger Mann Konrad auf die Schulter und sagt, er sei von der und der Zeitung, und ob Konrad bereit sei, ihm ein Interview zu geben. Konrad will zuerst wissen, was ein Interview ist und geht dann mit dem Reporter in ein nahe gelegenes Kaffeehaus. Dort erzählt er ihm von seiner engen Beziehung zum Führer, vom Bürgerkrieg, vom Ehrenkreuz, von seinen vergeblichen Bemühungen, den Führer zu sehen und von seinem Wunsch, dem Führer sein zwar auch schon ziemlich altes, aber noch sehr rüstiges Herz zu opfern. Der Reporter zeigt sich über alle Maßen begeistert und meint immer wieder, das sei ja ein Knüller, ein Riesenknüller. Konrad weiß zwar nicht, was ein Knüller ist, aber er freut sich über die Anteilnahme des Zeitungsmenschen. Schließlich bittet dieser Konrad, er möge in die Redaktion mitkommen. Er, der Reporter, wolle als Gegenleistung versuchen, für Konrad eine Besuchserlaubnis beim Führer zu erwirken. Konrad ist einverstanden, fährt mit dem Reporter in die Redaktion, erzählt dort seine ganze Lebensgeschichte auf Tonband und wird von allen Seiten fotografiert. Am Abend besorgt der Journalist für Konrad ein Hotelzimmer und schärft ihm ein, dort zu warten, bis er, der Journalist, sich wieder melden würde.

Konrad hat noch nie so ein schönes Zimmer gesehen. Er bewundert die schweren, roten Vorhänge, die kunstvollen Tapeten, den weichen Teppichboden. Und es gibt sogar ein Radio und Telefon und ein Bad und ein Klosett mit Wasserspülung. Konrad betätigt diese immer wieder und lacht dabei staunend wie ein Kind. Dann läßt er warmes Wasser in die Wanne, zieht sich aus und setzt sich hinein. Konrad ist es nicht gewohnt, soviel Wasser für sich allein zur Verfügung zu haben. Zu Hause muß mit dem kostbaren Naß sehr sparsam umgegangen werden. In erster Linie dient es zum Trinken und zum Bewässern der Felder. Das Bett allerdings behagt Konrad nicht sonderlich. Es ist viel zu weich, und Konrad kann nicht einschlafen. Schließlich nimmt er Polster und Decke und legt sich auf den Teppichboden, wo ihn das Liegen viel angenehmer dünkt.

Am Morgen weckt Konrad das schrille Läuten des Telefons und er erschrickt furchtbar. Er weiß nicht recht, was er tun soll, nimmt dann aber doch den Hörer ab, hält ihn ein Stück von sich weg und lauscht. Eine Stimme sagt immerzu »Hallo! Hallo!«, aber Konrad hat das Gefühl, das beträfe nicht ihn, und er legt wieder auf. Gleich danach klopft es an die Tür und als Konrad öffnet, steht ein Mädchen draußen und fragt, was er denn zum Frühstück wünsche. Konrad sagt, er müsse sein Geld zusammenhalten und er wolle daher nur ein Stück Brot mit Butter und eine Kaffeesuppe. Nein, nein, meint das Mädchen, er brauche das nicht selbst zu bezahlen, die Rechnung würde ja von der Zeitung beglichen werden. »Ach so!« sagt Konrad und lacht und überlegt ein bißchen und sagt dann, er möchte gerne drei oder vier Rühreier mit Speck, etwas Brot und eine Flasche Bier.

Er ist gerade beim Essen, als der Reporter ins Zimmer stürmt und Konrad eine Zeitung vor die Nase hält. Konrad sieht verwundert sein Bild ganz groß auf der Titelseite, und darüber steht geschrieben, Konrad entziffert es mit Mühe:

BÜRGERKRIEGSVETERAN WILL SEIN HERZ DEM FÜHRER OPFERN!

»Jetzt bist du ein berühmter Mann, Vater!« sagt der Reporter. »Das ganze Land kennt dich. Da schaust du, was? So schnell kann das gehen!« Konrad bittet den Reporter, ihm alles vorzulesen, was über ihn in der Zeitung steht. »Dazu haben wir jetzt keine Zeit, lieber Vater«, sagt dieser. »Wir müssen sofort zum Fernsehen! Du wirst dort mit dem provisorischen Staatspräsidenten zusammentreffen. Er hat den Wunsch geäußert, dich kennenzulernen. Um elf Uhr kommt er ins Studio und wird dir vor der Kamera den Dank der Nation aussprechen.« Konrad weiß nicht recht, wie ihm geschieht. »Jaja, lieber Vater«, sagt der Journalist, »du bist der Held des Tages! Solche Leute wie dich braucht man in Zeiten der Krise.«

Im Fernsehstudio verliert Konrad endgültig die Übersicht. Eine Menge Leute machen sich an ihm zu schaffen, zupfen an seinem Rock herum, an seinen Haaren, reden auf ihn ein, stellen ihn hierher und dorthin, strahlen ihn mit Scheinwerfern an, richten die Kameraobjektive auf ihn. Dann kommt der Staatspräsident. Man stellt Konrad vor eine Wand, auf die das Bild des Führers projiziert ist, auf einmal herrscht Totenstille und die Kameras kreisen Konrad ein. Ein Fernsehmann befragt ihn zu seiner Person und zu seinen Absichten, dann geht mit schnellen Schritten der Staatspräsident auf Konrad zu, schüttelt ihm beide Hände, küßt ihn auf die Wangen und spricht dann schnell und viel in die Kamera. Konrad bekommt vor Aufregung kaum etwas mit, vernimmt nur, daß er, Konrad, ein Vorbild sei, das Vorbild eines aufrechten, tapferen, vaterlandstreuen und opferbereiten Staatsbürgers, wie er sein soll. Als der Staatspräsident sich wieder Konrad zuwendet und ihn fragt, ob er einen besonderen Wunsch habe, er, der Präsident würde ihn sofort erfüllen, da ignoriert Konrad die Frage und sagt: »Ja, und wie ist das mit meinem Herzen?« Der Staatspräsident tätschelt Konrad die Wange und antwortet: »Dein Herz kannst du behalten, lieber Vater. Wir nehmen den Willen für die Tat.« »Aber warum?« fragt Konrad. »Ich will es wirklich dem Führer schenken.« »Das ist nicht notwendig, lieber Vater«, sagt der Präsident. »Der Führer braucht dein Herz nicht. Sein eigenes funktioniert schon wieder ganz gut. Der Führer wird bald gesund sein, glaub mir. Nun aber, lieber Vater, sag mir, ob du einen besonderen Wunsch hast. Es sei dir alles gewährt. Deine Treue zum Führer soll belohnt werden.« Konrad schaut zu seinem Zeitungsreporter hinüber, der hinter den Kameras steht und ihm aufmunternd zunickt. »Ich würde gerne«, sagt Konrad, »ich würde gerne den Führer besuchen, Euer Gnaden.« Da lächelt der Präsident und sagt: »Dein Wunsch soll in Erfüllung gehen, lieber Vater. Ich werde dich persönlich und auf der Stelle zum Führer begleiten.« Konrad wird aus dem Blickfeld der Kameras gewunken, und der Staatspräsident hält noch eine Rede an das Volk, worin er den aufrührerischen Elementen einen erbarmungslosen Kampf ansagt.

Dann ist die Fernsehsendung beendet und Konrad darf mit dem Präsidenten in dessen schwarzer Limousine zum Palast des Führers fahren. Eine Eskorte von Polizisten auf Motorrädern begleitet den Wagen, und hintennach folgt die Autoschlange der Zeitungs- und Fernsehleute.

Konrad sitzt neben dem Präsidenten und fühlt einen großen Stolz in sich aufsteigen. Ich, Konrad, ich, der kleine Bauer Konrad, ich fahre mit dem Staatspräsidenten zum Führer. Konrad schielt zum Präsidenten hin, er wagt es nicht, den Kopf zu drehen. Der Präsident sitzt da und schaut geradeaus. Sein Gesicht macht einen etwas mürrischen Eindruck und während der ganzen Fahrt spricht er kein Wort. Die schwere Verantwortung der Staatsgeschäfte wird ihn ermüdet haben, denkt Konrad.

Als sie beim Palast des Führers angelangt sind, teilt der Sekretär des Präsidenten den Presseleuten mit, daß sie nicht mit hineindürften, weil das den Führer zu sehr anstrengen würde. Konrad steigt mit dem Präsidenten an den zahlreichen Polizisten vorbei die Treppe hinauf und sie betreten die große, weite Vorhalle. Der Präsident wendet sich an Konrad, ersucht ihn, ein wenig hier zu warten und verschwindet in einem Seitengang. Konrad steht mit dem Hut in der Hand unbeholfen da und lächelt den schwerbewaffneten Soldaten zu, die überall herumstehen. Einer der Soldaten lächelt zurück und fragt Konrad, woher er denn sei. Bevor Konrad antworten kann, kommt der Präsident mit zwei Männern in weißen Mänteln zurück. »Diese Herren sind Ärzte, lieber Vater«, sagt er. »Sie begleiten dich zum Führer.« Konrad wird von den beiden freundlich begrüßt, dann gehen sie in den Seitengang voran und Konrad folgt ihnen. Die tiefen Teppiche verschlucken den Schritt seiner klobigen Bergschuhe. Im hinteren Teil des Palastes öffnen die Männer eine Tür und Konrad betritt einen weißgetünchten Raum, in dem mehrere Apparaturen stehen, von denen Konrad annimmt, daß sie medizinischen Zwecken dienen. Es riecht auch sehr stark nach Arzneimitteln. Auf der linken Seite des Raumes befindet sich eine weitere Tür, einer der Ärzte öffnet sie und sagt: »Komm, Vater, geh da hinein.

Der Führer erwartet dich.« Konrad tritt an den Männern vorbei durch die Tür und sieht im ersten Moment gar nichts, weil der Raum verdunkelt ist. Als sich seine Augen an das Dämmerlicht gewöhnt haben, erblickt Konrad vor sich eine flache, weiße Emailwanne, in der, umgeben von Eisstücken, ein kleines, grauschwarzes Männchen mit eingeschrumpftem Vogelgesicht liegt. Konrad geht näher an die Wanne heran, und ein Ächzen entfährt ihm. Er sieht, daß dem Männchen das rechte Bein fehlt, und sieht am ganzen Leib, der zum Skelett abgemagert ist, lange, genähte Operationswunden, und sieht anstelle der Ausscheidungsorgane nur eine klaffende Öffnung.

Einer der Ärzte ist jetzt hinter Konrad getreten, zieht eine Pistole unter dem Mantel hervor und schießt Konrad aus kurzer Distanz in den Hinterkopf.

Vor dem Palast wird zur gleichen Zeit jener Journalist verhaftet, der Konrad seine Publizität und ihm damit den Zutritt zum Führer verschafft hatte.

Wenige Minuten später teilt der Sekretär des provisorischen Staatspräsidenten den vor dem Palast wartenden Presseleuten, die durch die Verhaftung ihres Kollegen beunruhigt sind, mit, daß der angebliche Bauer Konrad eben ein Messerattentat auf den Führer versucht habe, das aber dank der Aufmerksamkeit eines Arztes fehlgeschlagen sei. Der Attentäter habe den Mordanschlag nicht überlebt. Es sei nun Sache der Polizei, herauszufinden, aus welchen Motiven der Täter gehandelt habe. Es könne aber mit hoher Wahrscheinlichkeit angenommen werden, daß er Mitglied einer Terrororganisation gewesen sei. Das Verabscheuungswürdige sei, so der Sekretär des Präsidenten, auf welch hinterlistige Weise sich der Täter Zugang zum Führer erschlichen habe. Es sei sicher nicht übertrieben, hier von einer lange vorbereiteten

Verschwörung zu sprechen. Die Regierung würde nun aber diesem Treiben nicht länger zusehen und endlich hart durchgreifen. Man werde jenen, die das Land in einen anarchistischen Abgrund stürzen wollen, endgültig das Handwerk legen. Damit der Führer, sobald er gesundet sei, der Führer eines sauberen und befriedeten Landes sein könne, wo Recht und Ordnung an oberster Stelle aller Prinzipien stünden. Übrigens habe sich des Führers Befinden durch den teuflischen Mordanschlag nicht verschlechtert. Im Gegenteil.

Lamberts Flucht oder
Es gibt keinen Weg zurück

Lambert erwachte auch an diesem Morgen wieder durch Kindergeschrei, das von der seiner Wohnung gegenüberliegenden Volksschule kam. Als Lambert sich im Bett aufsetzte, tanzten grellweiße Funken vor seinen Augen, und eine saure, schleimige Flüssigkeit wurde ihm stoßweise vom Magen in den Mund gepumpt. Nachdem er sich über der Klomuschel erbrochen hatte, öffnete er die Vorhänge und blickte auf die Straße hinunter. Vor der Schule waren nur mehr drei Kinder zu sehen. Drei Buben im Alter von etwa acht Jahren. Der erste hatte den zweiten im Schwitzkasten und der dritte trat dem zweiten mit dem rechten Fuß von unten gegen den Bauch. Nun lösten sich die schützend vor den Leib gehaltenen Arme des Geschlagenen und baumelten in der Luft. Der eine Junge ließ den Getretenen zu Boden fallen, der andere stieß ihm noch ein paarmal gegen den Kopf, dann gingen sie in das Schulgebäude. Das verprügelte Kind lag bewegungslos auf dem Gehsteig. Blut rann ihm aus Nase und Mund. Lambert schaute. Der Junge stand nun langsam auf, schwankte, holte ein Taschentuch hervor, bedeckte damit Mund und Nase, nahm seine Schultasche und sah sich um. Dann ging er in das Schulgebäude. Als der Junge sich umgeschaut hatte, war sein Blick kurz dem Lamberts begegnet und Lambert war etwas vom Fenster zurückgewichen. Der Junge hatte nicht geweint. Lambert blickte auf und bemerkte in einem Fenster des zweiten Stockes in dem Haus neben der Schule eine alte Frau, die ihn anstarrte. Lambert trat noch zwei Schritte vom Fenster zurück und wußte, daß sie ihn nun nicht mehr sehen konnte, weil es im Zimmer zu dunkel war. Die Frau nahm den Polster von der Fensterbank, auf den sie ihre Arme gestützt hatte, und verschwand im Inneren ihrer Wohnung. Lambert ging in die Küche, machte einen Nescafé und setzte sich an den Tisch. Er verspürte am ganzen Körper Schmerzen, als ob man ihn vor kurzem verprügelt hätte.

Lambert sah aufgeschreckt nach der Uhr. Schon wieder war eine halbe Stunde verstrichen, ohne daß er es bemerkt hatte. Die Tasse war noch halb voll und der Kaffee kalt. Lambert suchte das Bad auf, putzte sich die Zähne, rasierte sich, duschte. Ging dann zur Trafik hinunter, um die Zeitungen zu holen. Als er die Trafik betrat, lächelte er. Die Trafikantin erzählte ihm auch gleich, ihr Mann habe sie in der Nacht geschlagen. Zum erstenmal in ihrer Ehe. Er sei nicht betrunken gewesen, er sei einfach aufgewacht mitten in der Nacht und habe begonnen, auf sie einzuschlagen. Mit den Fäusten. Am Morgen sei er ohne Entschuldigung zur Arbeit gegangen. Das Frühstück habe er nicht angerührt. Lambert sagte einige Worte des Trostes und des Verständnisses und verließ mit den Zeitungen die Trafik. Suchte dann die gleich danebenliegende Bäckerei auf und bemerkte, als er eintrat und lächeln wollte, daß sein Gesicht zur Grimasse erstarrte. Die Verkäuferin war allein und legte ihre Hand auf die seine, die er am Verkaufspult abstützte. Lambert berührte das angenehm. Andererseits war ihm wieder zum Erbrechen übel. Im Flüsterton berichtete ihm die Verkäuferin, ihr Chef habe sie heute Morgen beim Umziehen vergewaltigen wollen. Er, den sie bisher als angenehmen und glücklich verheirateten Dienstgeber gekannt habe, sei plötzlich über sie hergefallen, habe sie brutal bei den Brüsten gepackt und habe gesagt, nein, sie könne das gar nicht wiederholen, jedenfalls habe er ihr den neuen Slip zerrissen und mit seinen mehligen Fingern an ihr herumgegriffen. Erst als sie ihm mit dem Knie in den Unterleib gestoßen und gedroht habe, seiner Frau Bescheid zu geben, habe er fluchend von ihr abgelassen und sei wütend in die Backstube zurückgekehrt. Lambert sagte auch ihr einige freundliche Worte und verließ die Bäckerei mit einem Weißbrot. Draußen stieß er mit einer alten Frau zusammen. Bevor er sich entschuldigen konnte, hatte sie ihm ihren Stock zweimal über Kopf und Schulter geschlagen. Lambert war mehr erstaunt als böse und wollte sich trotzdem entschuldigen. Die Frau ließ ihn aber nicht zu Wort kommen. Sie beschimpfte ihn und sagte, sie wisse schon, daß alle alten Leute den Jungen im Wege seien, aber sie habe ihr Lebtag hart gearbeitet und viel mitgemacht und habe deshalb genau denselben Anspruch auf einen Platz auf der Straße, wie jeder andere auch. Als Lambert ihr versichern wollte, daß er das nicht bestreite, hatte sich die Frau schon umgedreht und verschwand in der Bäckerei. Lambert kehrte in seine Wohnung zurück und schrieb alles nieder, was er heute Morgen gesehen und gehört hatte. Er verspürte starken Widerwillen dabei. Aber es mußte getan werden.

Er war eben fertig geworden, als ihm Kinderlärm unter dem Fenster das Unterrichtsende ankündigte. Lambert bezog seinen Beobachtungsposten. Zahlreiche Autos standen unten, und neben ihnen warteten Väter und Mütter auf ihre Kinder. Lambert sah, daß zwei Kinder sich weigerten, zu ihrer Mutter in den Wagen zu steigen. Die Frau schimpfte, ohrfeigte dann eines der Kinder und zerrte es an den Haaren in das Auto. Inzwischen lief das andere Kind weg und versteckte sich in einem Hauseingang. Die Frau hielt nach ihm Ausschau, machte dann eine wegwerfende Handbewegung, stieg ein und fuhr davon. Gleich darauf trat das Kind aus dem Hauseingang, streckte die Zunge in Richtung des davonfahrenden Autos heraus und hüpfte auf einem Bein die Straße entlang.

Nun sah Lambert den am Morgen verprügelten Jungen aus der Schule kommen. Er stellte sich in die Türnische eines der Nebenhäuser, öffnete die Schultasche und holte ein längliches Stück Holz heraus. Einen Augenblick später verließen die zwei betreffenden Kinder das Schulgebäude. Als sie ahnungslos die Türnische passierten, schlug der Junge zu. Einer der beiden lief weg, der zweite stürzte zu Boden und versuchte, die Schläge abzuwehren. Mehrere Kinder standen herum und schauten zu. Dem Jungen am Boden platzte eine Augenbraue, Blut lief über sein Gesicht. Dann kam ein männlicher Passant dazu, riß den schlagenden Jungen zurück und nahm ihm den Holzprügel aus der Hand. Der am Boden Liegende sprang sofort auf und schlug auf den Jungen ein, der von dem Passanten gehalten wurde. Der Passant ließ den ersten Jungen los, worauf dieser ihm sofort den Holzprügel entriß und gegen den anderen Jungen erhob, der nun die Flucht ergriff. Die beiden liefen die Straße hinunter und verschwanden um die Ecke. Der Passant schüttelte den Kopf und ging weiter. Ein Kind, das ihm im Wege stand, stieß er auf die Seite, sodaß es hinfiel. Lambert blickte hinauf zum zweiten Stock vis-à-vis und sah wieder die Frau ihn anstarren. Er setzte sich an die Maschine und schrieb das eben Gesehene nieder. Dann ging er mittagessen.

Im Gasthaus nahm Lambert in seiner gewohnten Ecke Platz, wo er alles überschauen und beobachten konnte. Die Kellnerin brachte ihm die Suppe und sagte: »Du wirst es nicht glauben, aber gestern abend, wie ich nach Hause geh...« Lambert hörte weg, wollte nichts verstehen. Er wurde nervös und war sehr beunruhigt und merkte, daß ihm in der rechten Achselhöhle Schweiß ausbrach. »So was mußt du dir vorstellen!« sagte die Kellnerin. »Das ist doch kompletter Wahnsinn!« Lambert entledigte sich wieder einiger Worte des Trostes und des Verständnisses und begann zu essen. Die Gaststube wurde voll, und das Stimmengewirr machte Lambert schläfrig. Er konzentrierte sich mit aller Gewalt, sondierte den Raum und widmete sich schließlich einer Gruppe von Leuten, die an ihrem Stammtisch saßen und aufgeregt miteinander sprachen.

Bomben – verstümmelt – tot – Schüsse – Müll – siebenundzwanzig – Polizei – unverständlich – gefunden – Wald – gequält – fünf Tage – Unglück – Kettenreaktion – bedroht – Regierung – Notstand – untersagt – Grenzen – Fabrik – Feuer – Angst.

Es klappte nicht. Vor Lamberts Augen tanzten wieder Funken. Er konnte nichts mehr verstehen. Lambert stand auf, zahlte, ging. Ging wie auf Daunenbetten, versank, stolperte, landete mit dem Gesicht in den Daunen, drohte zu ersticken.

Als Lambert zu Hause war, trat er vor den Spiegel und versuchte sich darin einzufangen. Sein Gesicht wies Schürfwunden auf, und er war erleichtert, daß er begann, einen sanften Schmerz zu fühlen. Lambert setzte sich, und als er aufblickte, war es bereits dämmrig geworden. Er griff zum Telefon, wählte und sagte zu der Frau, die sich meldete: »Hallo, ich bins.« »Ach nein«, sagte die Frau, »die Gummilinse! Meldest du dich auch wieder einmal? Wie gehts denn?« »Schlecht gehts«, sagte Lambert. »Vielleicht könntest du zu mir kommen.« »Ich zu dir?« fragte die Frau. »Ich dachte, du willst ungestört sein in deinem U-Boot. Oder genügt dir auf einmal dein Sehrohr nicht mehr?« Lambert schwieg. »Ja, tut mir leid, mein Lieber«, sagte die Frau, »aber heut nacht bin ich schon ausgebucht!« »Schon gut«, sagte Lambert und legte auf. Er drehte das Licht an und wollte zu schreiben beginnen, aber es gelang ihm nicht, einen einzigen zusammenhängenden Satz zu formulieren. Lambert griff nach einer Zeitung und legte sie gleich wieder weg. Er konnte diese fetten, schwarzen Wörter nicht ertragen. Lambert beschloß, in die Stadt zu gehen.

Als er am Anfang seiner Straße, die eine Sackstraße war, um die Ecke bog, traf ihn der Lärm der Autos wie ein Schlag ins Gesicht. Es stank entsetzlich nach Abgasen, und Lambert bekam sofort Kopfschmerzen. In der Mitte einer Kreuzung erblickte Lambert einen Polizisten, der mit wenig Erfolg versuchte, den Verkehr zu regeln. Lambert hatte ihn zuerst gar nicht gesehen, weil es schon ziemlich dunkel war, und der Polizist keinen weißen Schutzmantel trug. Die Straßenbeleuchtung brannte auch nicht. Der Polizist fuchtelte mit den Armen herum, schrie und schimpfte, und seine Lage war ziemlich hoffnungslos. Lambert lehnte sich an eine Hausmauer und schaute zu. Plötzlich kam ein Radfahrer hinter einem Omnibus hervor und fuhr gegen den Polizisten, sodaß beide umfielen. Der Polizist stand blitzschnell auf, riß den Radfahrer hoch und schlug ihm ins Gesicht. Der Verkehr war endgültig ins Stocken geraten und die Autofahrer betätigten ungeduldig ihre Hupen. Der Polizist schrie den Radfahrer an: »Sie blödes Arschloch, Sie! Haben Sie keine Augen im Kopf?« Und zu den Autos gewandt: »Hört zu hupen auf! Das ist verboten!« Der Radfahrer sagte: »Das wird Ihnen noch leid tun, Sie Schwein, Sie!« Ein Autofahrer war ausgestiegen, kam heran und sagte zu dem Polizisten: »Lassen Sie den Mann los! Aber schnell!« Der Polizist ließ den Radfahrer los. »Verschwinden Sie in Ihren Wagen zurück, sonst muß ich amtshandeln! Hier ist Halten verboten!« »Halten verboten, daß ich nicht lache!« sagte der Autofahrer. »Hier halten in diesem Moment mindestens zweihundert Autos, weil Sie nicht imstande sind, den Verkehr zu regeln!« »Wenn Sie nicht gleich abhauen, nehme ich Sie fest!« schrie der Polizist. »Das versuchen Sie mal!« antwortete der Autofahrer. Und der Radfahrer sagte: »Das wird Ihnen noch leid tun, Sie Schwein, Sie!« Der Polizist nahm den Radfahrer wieder bei den Rockaufschlägen. »Dir reiß ich gleich den Arsch auf, du Armleuchter!« Inzwischen waren noch mehrere andere Autofahrer ausgestiegen und hinzugetreten. Der Polizist wandte sich vom Radfahrer ab, drängte die Leute mit beiden Armen zurück und brüllte: »Einsteigen, alles einsteigen! Gesindel, verdammtes!« Der Radfahrer nahm von hinten dem Polizisten die Mütze vom Kopf, warf sie weg und verbarg sich hinter einem Auto. Nun zog der Polizist seine Pistole und zielte damit auf die Leute. Diese wichen langsam zurück und stiegen wieder in ihre Autos. Der Polizist steckte die Pistole ein und setzte mit seinen hastigen Armbewegungen fort. Als das Auto des Mannes, der zuerst ausgestiegen war, langsam an ihm vorbeirollte, trat der Polizist mit dem Fuß gegen einen der Scheinwerfer. Das Glas zersplitterte, der Fahrer hielt an, besah sich den Schaden, ging zu dem Polizisten und würgte ihn mit beiden Händen am Hals. Der Radfahrer schlich sich von hinten an den Polizisten heran, packte mit den Händen dessen Ohren und drehte daran. Nun kamen zwei weitere Polizisten gelaufen, zerrten die beiden weg und schlugen auf sie ein. Es stiegen aber jetzt fast sämtliche Fahrer aus und verwickelten die Polizisten in Handgreiflichkeiten. Lambert hörte Schüsse, konnte aber nicht genau sehen, was vorging, da sich immer mehr Leute am Schauplatz drängten. Dann kehrten die Fahrer zu ihren Autos zurück und stiegen ein. Auf der Straße lagen die drei Polizisten sowie zwei Autofahrer, die anscheinend den Schüssen zum Opfer gefallen waren. Die Autos fuhren los und rollten schaukelnd über die Toten hinweg. Auch der Radfahrer bestieg sein Gefährt, und als er beim ersten Polizisten vorbeifuhr, spuckte er auf ihn hinunter. Lambert ging weiter. Er näherte sich dem Stadtzentrum und hörte anschwellenden Lärm, bestehend aus Menschengeschrei, Schüssen und starken Explosionen.

Als Lambert in die Hauptstraße einbog, sah er, daß eine Straßenschlacht im Gange war. Es ließ sich schwer feststellen, wer gegen wen kämpfte. Bürger, Polizisten und Soldaten waren daran beteiligt, doch Lambert glaubte zu sehen, daß auch Bürger gegen Bürger, Polizisten gegen Polizisten, Soldaten gegen Soldaten sowie Bürger mit Polizisten gegen Soldaten, Polizisten mit Soldaten gegen Bürger und Bürger mit Soldaten gegen Polizisten vorgingen. Lambert war verwirrt. Er versuchte sich vorzustellen, daß er im Kino sitze, aber es gelang ihm nicht. Maschinengewehrkugeln schlugen neben ihm in die Mauer und der Verputz spritzte ihm ins Gesicht. Lambert begann zu laufen. Ein Mann mittleren Alters stellte sich ihm mit einer Axt in den Weg und schrie: »Krepier, du Schweinehund!« Lambert wich im letzten Moment aus, der Schlag ging daneben, und der Mann fiel durch den Schwung zu Boden. Lambert lief weiter. Hinter ihm detonierten Granaten, und dann sah er einen Soldaten, der ein kleines Kind mit beiden Händen an den Beinen hielt und immer wieder gegen einen Laternenpfahl schlug. Eine weinende Frau versuchte dem Soldaten das Kind zu entreißen. Lambert rannte an ihnen vorbei. Panik bemächtigte sich seiner. Ein Arm wirbelte ihn herum und er blickte in das Mündungsloch einer Pistole. Lambert wich an die Hausmauer zurück. Vor ihm stand mit ernstem Gesicht ein junger Mann, und Lambert schaute auf den Finger, der sich langsam um den Abzug krümmte. Dann warf es den jungen Mann ruckartig nach vorne und seine Schädeldecke fiel neben Lambert auf den Gehsteig. Lambert rannte weiter und kam zu einem brennenden Häuserblock. Zahlreiche Feuerwehrmänner standen herum und Lambert sah, daß sie alle Gewehre in den Händen hielten und die Menschen, die voller Todesangst aus den Fenstern sprangen, mitten im Fall wie die Vögel abschossen. Die Körper der Heruntergestürzten übergoß man mit Benzin und zündete sie an. Lambert sah, daß manche noch nicht tot waren und sich schreiend am Boden wälzten, bis die Flammen ihr Leben endgültig ausgelöscht hatten.

Lambert näherte sich nun einem Großkaufhaus, das eben geplündert wurde. Die ganze vordere Glasfront war zerstört und die Bürger fuhren bis in die Verkaufshallen hinein, stopften ihre Autos mit Waren voll und preschten wieder davon, jeden niederfahrend, der ihnen im Wege stand. Lambert trat heran und sah erstaunt, wie einer der größten Industriellen der Stadt den Kofferraum seines Mercedes mit Transistorradios füllte, die er einem Verkaufsstand für Sonderangebote entnahm. Lambert rief ihm zu – er wußte selber nicht warum: »He, Herr Kommerzialrat!« Der Mann hielt inne, schaute ihn an, warf ein Radiogerät nach ihm und brüllte: »Hau gefälligst ab, du! Die gehören alle mir!« Er wandte sich wieder seinen Radios zu und schrie unter hysterischem Lachen in einem fort: »Die gehören alle mir! Alle mir! Alle mir!« Lambert verließ das Kaufhaus, und als er über die Straße rannte, versuchte ihn ein Auto absichtlich zu überfahren. Im letzten Augenblick gelang es Lambert auszuweichen, indem er in einen Hauseingang sprang. Kaum hatte er die Tür aufatmend hinter sich geschlossen, ertönte dicht vor ihm ein ohrenbetäubendes Krachen, und die Tür wurde wie von einem gewaltigen Windstoß auf die Straße geschleudert. Lambert ließ sich zu Boden fallen, und als sich der Qualm etwas verzogen hatte, sah er einen Mann, der eine riesige Elefantenbüchse in den Händen hielt. Mit weitaufgerissenen Augen starrte der Mann ins Leere, und am linken Oberarm trug er eine Blindenbinde. Lambert kannte ihn. Es war der blinde Bettler, der neben dem Rathaus Ansichtskarten verkaufte. Lambert verhielt sich vollkommen ruhig, um zu verhindern, daß der Blinde seinen Standort ausmachen konnte. Dieser lauschte angestrengt und sagte nach einer Weile: »Haben der Herr vielleicht ein paar Groschen für einen bedürftigen Mitbürger?« Dann lachte er heiser auf. »Der Herr ist kaputt, was? Der Herr ist verreckt, was? Der Herr ist ein krepierter Herr, wie? Wieder einer weniger von den Herren!« Mit einem Satz sprang Lambert auf und rannte davon. Er hielt sich dicht an den Hauswänden, da auf der Straße die Hölle los war. Panzerkolonnen fuhren vorbei und walzten Personenkraftwagen nieder, die nicht schnell genug auswichen. Die Autos bekämpften einander wie wilde Tiere, jeder fuhr gegen jeden. Überall standen ineinander verkeilte, vollkommen ausgebrannte Wracks, in denen verkohlte Leichname in seltsam bizarren Haltungen saßen. Lambert lief immer schneller.

An einer Ecke stieß er mit einem hageren, nackten Mann zusammen, der nur eine Bischofsmütze trug. Lambert erkannte ihn. Es war tatsächlich der Diözesanbischof. Er packte Lambert bei den Schultern, schüttelte ihn und überhäufte ihn mit wüsten, obszönen Schimpfwörtern. Lambert stieß ihn weg und hetzte weiter, in Richtung seiner Wohnung. Je mehr er sich vom Zentrum entfernte, desto ruhiger wurde es.

Als Lambert in seine Straße einbog, setzte er sich erschöpft auf eine Türschwelle. Hier war es still und friedlich. Nach einer Weile stand Lambert auf und ging zu dem Haus, in dem sich seine Wohnung befand. Als er das Tor öffnete und eintrat, klatschte es naß unter seinen Füßen. Lambert schaltete das Licht ein und sah, daß er in einer großen Blutlache stand. Und am Gangboden lag ein alter Mann. Der Nachbar Lamberts. Er war tot. Sein weißes Hemd von zahlreichen Einstichen zerfetzt und blutdurchtränkt. Lambert stieg über ihn hinweg und ging zur Treppe. Dort saß ein zweiter alter Mann, der sein Gesicht in den blutverschmierten Händen verbarg und von einem Weinkrampf geschüttelt wurde. Daneben ein Brotmesser. Lambert drängte sich an dem Mann vorbei, ging in den ersten Stock hinauf, öffnete mit dem Schlüssel die Tür und trat ein. Als er auf den Lichtschalter drückte, erhielt er einen Schlag gegen den Hinterkopf. Er taumelte, drehte sich um und sah neben der Tür die Frau stehen, die er heute angerufen hatte. In der rechten Hand hielt sie ein Brecheisen. Lambert befühlte seinen Kopf und sagte: »Bist du verrückt? Was soll denn das?« Die Frau kam langsam näher und holte wieder aus. Lambert wich zurück und spürte, wie etwas Warmes über seinen Nacken rann. Er wich dem zweiten Schlag aus und versetzte der Frau einen Schlag in die Magengrube. Nach kurzem Kampf hatte er ihr das Brecheisen entwunden und schlug damit auf ihren Kopf ein, bis sie tot war.

Dann holte er Verbandszeug hervor, schnitt sich vor dem Spiegel die Haare um die Wunde am Kopf weg und klebte ein Pflaster darüber. Er holte seinen Rucksack, packte das Verbandszeug sowie Brot, Wurst, Konserven und mehrere Dosen Fruchtsaft ein, befestigte den Schlafsack und zog andere Kleidung an. Seine Bergschuhe fand er erst nach längerem Suchen. Das Leder war hart und sperrig geworden. Lambert schlüpfte in die Schuhe und warf dann alle seine Bücher, Zeitschriften, Zeitungen und Manuskripte auf einen Haufen in der Mitte des Zimmers zusammen. Nachdem er Feuer daran gelegt hatte, verließ er die Wohnung.

Als Lambert an dem alten Mann unten vorbeikam, schaute dieser auf und sagte: »Dich bring ich auch noch um!« Lambert ging aus dem Haus. Er wechselte die Straßenseite, und da zerschellte plötzlich neben ihm ein Blumentopf. Lambert blickte nach oben und sah im zweiten Stock die Frau, die immer zu ihm herübergestarrt hatte. Sie warf eben noch einen Blumentopf und Lambert sprang schnell zur Seite.

Nach einer halben Stunde schon hatte Lambert die Stadt hinter sich gelassen und befand sich auf dem Weg in das nördlich gelegene Gebirge. Der Mond schien, und es wehte ein lauer Südwind. Lambert passierte den ersten Bauernhof, überstieg einen Zaun und ging quer durch ein Feld. Der Boden federte weich unter seinen Füßen. Es war ein gutes Gefühl. Dann krachte ein Schuß hinter Lambert und ein Stück vor ihm prasselte es im Erdreich. Er drehte sich um und sah einen Mann mit einem Gewehr hinter dem Zaun stehen. Der Mann schrie: »Ich werd euch schon geben, meine Felder zu zertreten! Bleibts unten in der Stadt, ihr Saubande, ihr!« Lambert hatte nun den Waldrand erreicht und verschwand zwischen den Bäumen. Einmal schoß der Bauer noch, und die Schrotkugeln fetzten ein Stück Rinde von einem Baum. Lambert stieg schweratmend bergan. Er kam zu einer Anhöhe, von der aus man die Stadt überblicken konnte. Lambert setzte sich auf den Rasen und schaute hinunter. Ganze Stadtviertel brannten, und er vermeinte noch das Getöse hören zu können, das die Menschenmassen in den Straßen verursachten. Nach einer Weile stand Lambert auf und ging weiter. Bald aber war er müde, da er es nicht mehr gewohnt war, so lange zu gehen. Auch schmerzte die Wunde am Hinterkopf. Als er bei einer kleinen Lichtung anlangte, setzte er seinen Rucksack ab, nahm den Schlafsack herunter und kroch hinein. Nun, da er so still am Boden lag, hörte er die Geräusche des Waldes. Schon jahrelang hatte er diese Geräusche nicht mehr gehört. Er setzte sich auf und hielt den Atem an. Was für seltsame Geräusche! Und so laut! Er empfand sie so laut, diese Geräusche! Lambert legte sich wieder zurück und schaute in den Himmel. Die Sterne glitzerten grell und kalt. Lambert schloß die Augen und sofort stürmten diese Geräusche wieder auf ihn ein. Bis zum Morgen lag er wach. Erst als es im Osten hell wurde, schlief er ein. Aber es dauerte nur kurz, dann weckte ihn das Zwitschern der Vögel. Er öffnete den Schlafsack, setzte sich auf, wollte herauskriechen, da hatte er das Gefühl, daß jemand hinter ihm stand. Lambert drehte sich um und sah knapp einen Meter vor sich ein Reh. Lambert, der zuerst sehr erschrocken war, lächelte nun, streckte eine Hand aus und sagte: »Ja, wer ist denn das? Wer besucht mich denn da?« Das Reh schnupperte an Lamberts Hand, leckte daran, und als Lambert die Hand zurückzog, trat es ganz nahe an ihn heran. »Warte«, sagte Lambert, »du kriegst was von mir.« Er wollte nach seinem Rucksack greifen, doch plötzlich riß das Reh sein Maul auf und schnappte mit den Zähnen in Lamberts Gesicht. Lambert verspürte einen stechenden Schmerz, schlug die Hände vor das Gesicht und fiel zurück. Blut tropfte zwischen seinen Fingern hervor und floß ihm in die Ärmel. Er konnte sich nicht erinnern, jemals so starke Schmerzen verspürt zu haben. Noch nie war er bisher ernstlich verletzt worden. Lambert beobachtete den Schmerz, der in Wellen kam und ging, registrierte das Pochen in der Wange und schmeckte das Blut zwischen den Lippen. Er merkte, daß es aufhörte zu bluten, dann spürte er Wärme auf den Händen. Lambert zog sie langsam vom Gesicht. Die Sonne war aufgegangen. Und das Reh war verschwunden. Am taunassen Gras reinigte Lambert die Hände vom geronnenen Blut. Vorsichtig betastete er seine linke Gesichtshälfte. Ein Stück der Wange war herausgerissen und hing herunter. Als Lambert den losen Fleischlappen andrücken wollte, begann es erneut zu bluten. Er öffnete seinen Rucksack und nahm das Verbandszeug heraus. Nachdem er sich notdürftig verbunden hatte, beschloß er, etwas Brot und Wurst zu essen. Da aber das Kauen sehr starke Schmerzen verursachte, brachte er kaum einen Bissen hinunter. Lambert trank etwas Fruchtsaft, packte ein und ging weiter bergan. Bald hatte er die Waldgrenze erreicht und kam in felsiges, immer steileres Gelände. Er drehte sich um und schaute auf die Stadt hinunter, die im Talkessel zu seinen Füßen lag. Das heißt, er wußte, daß die Stadt dort unten lag, sehen konnte er sie nicht. Er sah nur ein Meer von schwarzen Rauchwolken, die in einem seltsamen Kontrast standen zu den schneebedeckten Bergspitzen, die sich von der gegenüberliegenden Talseite nach Südwesten hin erstreckten. Manchmal blitzte Feuerschein zwischen den Rauchwolken auf. Lambert ging weiter. Schweiß trat ihm auf die Stirn, und er atmete schwer. Auch begannen die Muskeln in den Oberschenkeln zu ziehen. Und die Sonne brannte immer stärker auf seinen unbedeckten Kopf. Lambert trank zwei Fruchtsaftdosen leer. Gegen Mittag mußte er haltmachen. Er bekam keine Luft mehr, und vor seinen Augen wogten flirrende Schwaden. Keuchend setzte er sich hinter einen schattenspendenden Felsblock und schlief erschöpft ein.

Als Lambert wieder erwachte, ging gerade die Sonne

unter. Die Berge um ihn glühten auf. Lambert stellte fest, daß seine verletzte Gesichtshälfte sehr heiß und angeschwollen war. Er aß etwas unter Schmerzen, trank Fruchtsaft und beschloß, noch ein Stück weiterzugehen. Vielleicht konnte er noch vor Einbruch der Dunkelheit die Hütte erreichen, die er von früher her kannte und wo er einige Zeit zu bleiben gedachte. Lambert hängte sich den Rucksack um und stieg weiter. In den Beinen verspürte er einen starken Muskelkater. Mühsam stapfte er über einige Schneefelder, kämpfte sich durch Schutt und Geröll in die Höhe, zerkratzte sich die Hände an scharfkantigen Steinen.

Als Lambert den Paß erreichte, war schon der Mond aufgegangen. Obwohl es nur mehr eine halbe Stunde zur Hütte war, beschloß Lambert, sich kurz auszuruhen. Er kletterte auf einen kleinen Felsen, der wie ein Beobachtungsturm aussah und mit einer Grasmatte bewachsen war. Er setzte sich nieder, nahm einen Schluck Fruchtsaft und blickte auf die Stadt hinunter. Es brannte noch immer und es war sehr schön anzusehen. Lambert lachte auf, stieß aber fast gleichzeitig einen Schmerzensschrei aus, weil ihm die verletzte Wange das Lachen nicht erlaubte. Am westlichen Ende der Stadt sah Lambert den hellerleuchteten Flughafen. Ein Teil der Anlagen brannte. Auf einer der Bahn startete eben eine Maschine mit blinkenden Positionslichtern. Sie zog eine Schleife und flog zurück in Richtung Osten. Nun war sie über der Stadt und etwa in Lamberts Höhe, vielleicht einen Kilometer Luftlinie von ihm entfernt. Auf einmal verwandelte sich das Flugzeug in einen sprühenden Feuerball. Lambert stand auf und schaute wie ein Kind. Nun dröhnte dumpf der Explosionsknall, und von weit hinten kam ein rollendes Echo. Tausende kleiner Fackeln regneten auf die Stadt nieder. Lambert wollte sich wieder setzen, da hörte er ein Rauschen über sich. Er blickte hoch und sah im Licht des Mondes mehrere Dohlen, die sich vom Wind wiegen ließen. Sie verharrten bewegungslos, schienen in der Luft stillzustehen. Dann stießen sie auf Lambert hinunter.

Wie der Seppei
sich in die Heilige Jungfrau Maria
verliebt hat

Unsere Geschichte spielt so um das Jahr 1960, der Seppei ist zwölf Jahre alt und ein gottgläubiger Mensch. Er liebt den Herrn Jesus, den heiligen Sebastian und den Schutzengel.

Den Herrn Jesus liebt er in zweifacher Form: einmal als hölzernes Jesulein, das zu Weihnachten in der vom Vater fabrizierten Krippe liegt und seine Ärmchen den Hirten entgegenstreckt, und dann als bärtigen Mann mit langen, wehenden Haaren, der auf einem Bild in einem alten Religionsbuch über den See Genezareth schreitet, mit einem langen Gewand, ohne Wasserski, einfach so.

Der gekreuzigte Herr Jesus interessiert Seppei nicht besonders, dafür aber der heilige Sebastian. Dieser steht lebensgroß in der Dorfkirche an einen Pflock gebunden, mit sechs Pfeilen im Oberkörper und einem Pfeil im rechten Oberschenkel. Seppei, der gerade Karl May liest, wähnt den heiligen Sebastian als ein Opfer der Indianer. Während des Gottesdienstes schaut er oft zu dem sich krümmenden und blutenden Sebastian hinüber und malt sich aus, wie er ihn aus den Klauen der grausamen Rothäute befreien würde.

Der Schutzengel schließlich hängt in der Küche und geleitet zwei Kindlein über einen schwankenden Steg. Im Hintergrund des Bildes schießen Blitze aus grauschwarzen Wolken, und Seppei weiß, daß der Schutzengel gut daran tut, die Kinder schnell heimzuführen. Einmal, als Seppei mit dem Vater von der Alm talwärts ging, wurden sie auch von einem Unwetter überrascht, der anschwellende Bach riß ihnen ratzeputz vor der Nase den Steg weg, und sie mußten einen stundenlangen Umweg machen.

Was die Muttergottes anbetrifft, so hat Seppei dieser bislang eigentlich wenig Beachtung geschenkt. Sie kommt ihm vor wie eine Dame, eine vornehme Dame, etwas aufgschmeckt, eine Städterin sozusagen.

Eines Tages aber passiert Seppei ein Mißgeschick. Auf dem Weg zur Schulkommunion trifft er Fremdengäste, die ihm einen Kaugummi anbieten. Seppei nimmt dankend an und stapft vergnügt kauend weiter. Als er vor der Kirche angelangt ist, erschrickt er plötzlich ganz fürchterlich und spuckt den Kaugummi weit von sich weg. Oh, Schande! Er hat vor der heiligen Kommunion etwas gegessen! Seppei steht ganz verdattert da, während die Schüler an ihm vorbei in die Kirche strömen. Was soll er nun tun? Hin und her überlegt er.

Vielleicht gilt ein Kaugummi gar nicht, schließlich habe ich ihn ja nicht geschluckt. Aber vielleicht ist ein Kaugummi doch eine Speise. Der Herr Pfarrer hat in der Religionsstunde von den leiblichen Genüssen erzählt. Ein Kaugummi ist bestimmt auch ein leiblicher Genuß. Was tun? Was tun?

Seppei steht schon allein am Kirchplatz und muß sich entscheiden. Nein, ich kann nicht, denkt er, ich kann nicht so eine schwere Schuld auf mich laden. Die Hostie würde mir die Zunge verbrennen, wie diesem Brudermörder, von dem ich im Bauernkalender gelesen hab.

Um die Ecke des Gemeindeamtes biegt im Laufschritt eine Lehrerin, und Seppei muß sich verstecken, damit sie ihn nicht sieht und in die Kirche treibt. Wenn er einmal drin ist, muß er zur Kommunion gehen. Es würde ja auffallen, bliebe er als einziger in der Bank sitzen. Seppei läuft also blitzschnell die Steinstufen hinauf und schlüpft in die Lourdeskapelle, die an die Kirche angebaut ist. Mit klopfendem Herzen lauscht er nach draußen und hört die Lehrerin vorbeitrippeln. Aufatmend setzt er sich in eine der Holzbänke.

So – und was jetzt? Warten, bis der Gottesdienst vorbei ist. Hoffentlich kommt niemand und fragt mich aus. Seppei nimmt seine Schultasche ab und stellt sie neben sich. Kalt ist es in der Kapelle und ziemlich finster; nur vorne, zu Füßen der Marienstatue, brennen ein paar Kerzen. Seppei kniet nieder und wendet sich an die Muttergottes.

Ich hab halt nicht daran gedacht, wie ich den Kaugummi in den Mund gesteckt hab. Jaja, ich weiß schon, das ist keine Entschuldigung. Der Herr Pfarrer sagt auch immer, wenn man was vergißt, dann vergißt man es gern. Aber ich hab's wirklich nicht gern vergessen, glaub's mir bittschön, Heilige Maria Muttergottes. Ich bin ein Kindlein und mein Herz ist rein! Der verflixte Kaugummi! Der Vater sagt eh immer, das ist ein neumodisches Teufelszeug von die Amerikaner. Mit der Atombombe spielen sie sich auch und mit die Satelliten; deswegen ist auch das Wetter nix mehr wert.

Seppei versinkt ein wenig in ratloses Schweigen. Von der Kirche her ist Orgelklang und Kindergesang zu hören, und Seppei kommt sich vor wie ein ausgestoßener Sünder. Er beschließt zu beten.

Gegrüßt seist du, Maria, voll der Gnade, der Herr ist mit dir, du bist gebenedeit unter den Weibern, und gebenedeit ist die Frucht deines Leibes, Jesus. Heilige Maria Muttergottes, bitt für uns Sünder, jetzt und in der Stunde unseres Absterbens, Amen.

Plötzlich fällt Seppei ein, daß »bitt für uns Sünder«, wenn man es ganz schnell sagt, klingt wie »brunz für uns Sünder«. Er muß laut auflachen, kriegt aber gleich wieder einen fürchterlichen Schreck und schlägt sich schnell mit der flachen Hand auf den Mund. So eine Sünde! So eine Sünde! Ob sie das gehört hat? Sicher! Freilich! Die können ja alle Gedanken lesen! Die ganze Familie!

Zur Buße leiert Seppei schnell noch drei Gegrüßt-seist-du-Maria herunter. Er beruhigt sich wieder. Die Muttergottes wird das schon nicht so übelnehmen. Seppeis Mutter hat öfter gesagt, daß die Muttergottes alles verzeiht. Die sei viel nachgiebiger wie der Herrgott selber, meint sie. Von der Jungfrau Maria könne man alles haben, das sei die Güte in Person. Nicht so wie die Mannsbilder. Aug um Aug, und Zahn um Zahn! Und der Herr Jesus soll auch manchmal ein sturer Bock gewesen sein und der Mutter nicht gefolgt haben. Sagt jedenfalls Seppeis Mutter. Und die ist gescheit, das weiß Seppei. Schließlich macht sie des öfteren seine Schulaufgaben.

Seppei findet, daß er nun genug gekniet hat, er setzt sich gemütlich in die Bank und betrachtet die Gottesmutter etwas genauer. Er war erst einmal in dieser Kapelle, und das ist schon etliche Jahre her. Seppei weiß,˙ daß seine Mutter öfter hierherkommt, um eine Kerze anzuzünden. Ja, wirklich, eine sehr vornehme Dame. Ganz ein weißes Gesicht und rote Lippen und ein wunderbares, weißes Gewand. Mit gefalteten Händen steht sie da, den Blick zum Himmel gewandt. Wie schön sie ist! So eine schöne Frau hat er eigentlich noch nie gesehen, denkt sich Seppei. Nicht einmal im Kastner & Öhler-Katalog, und da sind wirklich schöne Frauen drin. Sogar welche, die nur Unterwäsche anhaben.

Seppei steht auf, geht langsam zur Grotte vor und schaut sich die Muttergottes von der Nähe an. Wie lieb und sanft und strahlend ihre Augen sind! Seppei erinnern diese Augen an andere Augen, und er denkt nach.

Oh ja, solche Augen hat einmal die Mutter gemacht, als Seppei ihr sagte, er wolle sie heiraten, wenn er groß ist und der Vater einverstanden. Seppei kann gar nicht mehr in diese Augen schauen, und er geht wieder zurück in seine Bank.

Ich muß dir was sagen, Jungfrau Maria, sagt er laut. Früher habe ich dich immer für aufgschmeckt gehalten, da bist du mir vorgekommen wie ein Fremdengast. Aber das stimmt nicht. Du bist gar nicht aufgschmeckt, weil eine Aufgschmeckte schaut nicht so.

Seppei kniet sich wieder hin und betet noch ein Gegrüßt-seist-du-Maria, weil ihm nichts anderes einfällt, womit er der Lieben Frau eine Freude machen könnte. Er betet und schaut sie an, und ein Leuchten geht auf einmal von ihr aus, daß es dem Seppei ganz anders wird. Eine Ganslhaut kriegt er und im Bauch ein warmes Gefühl. Wie ein aufgeplusterter kleiner Vogel sitzt Seppei versunken in seiner Bank und ist glücklich wie schon lange nicht.

Auf einmal dringt Lärm von draußen herein, Lachen, helle Kinderstimmen. Der Gottesdienst ist aus. Seppei schreckt hoch, nimmt seine Schultasche, tritt auf den Mittelgang, macht eine Kniebeuge und ein Kreuz, dann verläßt er die Kapelle und mischt sich unauffällig unter die Schüler.

Von nun an besucht Seppei jeden Tag die Jungfrau Maria. Wenn der Unterricht aus ist, geht er in die Kapelle und sitzt und schaut und redet mit der Lieben Frau und ist sehr froh.

Er sagt niemandem etwas von diesen Besuchen, nicht einmal seiner Mutter; er weiß selbst nicht, warum. Ein paarmal beobachten ihn Schulkameraden, wie er in die Kapelle verschwindet. Sie schleichen ihm nach, lachen ihn aus und stören seine Andacht. Auf der Straße rufen sie ihm Muttergottes-Bua nach. Aber das macht dem Seppei nichts. Immer länger verweilt er bei seiner Heiligen Jungfrau. Mutter und Vater schimpfen ihn, wenn er zu spät von der Schule heimkommt, weil sie glauben, er trödle mit anderen Kindern herum. Als Seppei schließlich einmal sagt, wo er gewesen ist, glauben ihm die Eltern nicht und sagen, er solle ja das Lügen lassen, sonst setze es was. Seppei erfindet alle möglichen Ausreden, um die Muttergottes besuchen zu können. Er geht jetzt auch mit Freuden ins Dorf einkaufen, wenn die Mutter etwas braucht.

Manchmal sitzt jemand in der Kapelle, wenn Seppei hinkommt, und das gefällt ihm gar nicht. Es sind immer wieder dieselben alten Weiblein, und sie wundern sich, daß so ein Bua die Gottesmutter aufsucht, und sie freuen sich auch und lächeln Seppei freundlich zu. Seppei lächelt zwar zurück, denkt aber: Verschwind, du alte Wachtel! und kann es kaum erwarten, wieder mit seiner Lieben Frau allein zu sein.

Meerstern, ich dich grüße! singt er und fällt vor ihr auf die Knie und stammelt: Oh, du süße Gottesmutter, du Gnadenbringerin, du Rose ohne Dornen, du Lilie ohnegleichen, du heiliges Gefäß!

Und die Jungfrau senkt den Kopf, lächelt Seppei zu, streckt ihre Arme nach ihm aus, zieht ihn an sich, birgt seinen Kopf an ihrem weichen Schoß. Seppei muß weinen vor Glück, und es wär ihm gleich, wenn er in diesem Augenblick sterben müßte.

Aber in diesem Augenblick kommt der Mesner bei der Tür herein und glaubt, er sieht nicht recht. Umklammert der Rotzbua die Beine der Muttergottes und murmelt wirres Zeug! Der Mesner nimmt den Seppei kurzerhand beim Krawattl und schleppt ihn zum Herrn Pfarrer. Als dieser hört, was vorgefallen ist, zieht er die Augenbrauen hoch, schickt den Mesner aus dem Zimmer und nimmt Seppei ins Gebet.

Ob er das öfter mache und was er dabei empfinde. Seppei sagt, er besuche die Jungfrau Maria fast jeden Tag, und sie sei so lieb zu ihm, daß ihm jedesmal ganz anders würde. Wie anders? Na, so ein schönes Gefühl halt, wie im Winter hinterm Ofen. – Der Herr Pfarrer schaut verdutzt. – Na, wie Weihnachten und Ostern zusammen halt. Wie Bratäpfel und Zelten und Weihrauch und wie die Schnauzen von der Mali-Kuah. – Seppei, du hast einen Vogel, sagt der Herr Pfarrer. Du spinnst ja! Dir ist die Mali-Kuah wohl auf den Kopf gestiegen! Ich werd mit deinem Vater reden müssen.

Seppei geht heim und versteht die Welt nicht mehr. Was hat er Böses getan? Zur Vorsicht erzählt er den Eltern von der Sache, aber die schütteln nur den Kopf und kommen nicht recht mit.

Am nächsten Sonntag winkt der Herr Pfarrer Seppeis Eltern nach der Messe zu sich und redet mit ihnen. Seppei bleibt etwas abseits an der Friedhofsmauer stehen und beobachtet die drei mißtrauisch. Nach etwa zehn Minuten ist die Unterredung beendet und man macht sich auf den Heimweg. Eine halbe Stunde lang sagt niemand ein Wort und Seppei hat kein gutes Gefühl. Auf einmal knurrt der Vater, ohne Seppei anzuschauen: Du gehst mir nicht mehr in die Kapelle, verstanden?! – Aber warum denn? – Kein Warum! Folgen sollst! Und damit basta! – Seppei schaut hilfesuchend zur Mutter, aber diese weicht seinem Blick aus. – Ich habe deinen Stundenplan, sagt der Vater. Ich weiß genau, wann die Schule aus ist. Ich weiß genau, wie lange man zu uns nach Hause braucht. Für jede Minute, die du zu spät kommst, kriegst du in Zukunft eine Watschen. Und damit basta!

Seppei ist todunglücklich. Was soll er jetzt tun?

Tatsache ist, daß er ohne die Jungfrau Maria einfach nicht mehr auskommen kann. Also besucht er sie trotz des Verbotes weiter und läuft dann so schnell wie möglich nach Hause, um die Zeit einzuhalten. Aber natürlich wird er beobachtet und der Vater erfährt davon. Und verdrischt Seppel, daß diesem Hören und Sehen vergeht. Die Mutter bittet Seppei flehentlich, dem Vater doch zu gehorchen, aber Seppei sagt ganz böse zu ihr: Du Verräterin! Du gehst selber zur Muttergottes, aber ich soll nicht dürfen! – Ich mach halt auch nicht solche Sachen wie du, antwortet die Mutter. – Ein Neid ist das, sagt Seppei, ein Neid, sonst nix! Weil mich die Muttergottes lieber hat wie dich! – Da schweigt die Mutter.

Seppei beschließt, für seine Liebe Frau alle Qualen der Erde auf sich zu nehmen, und er besucht sie jeden Tag länger. Er läßt sich nun auch Zeit beim Nachhauseweg und tritt mutig vor seinen Vater hin, um die Schläge in Empfang zu nehmen. Und zeigt am nächsten Tag der süßen Schmerzensmutter stolz die blauen Flecken. Dem Vater wird das natürlich zu dumm, und er bittet den Herrn Pfarrer um Hilfe. Dieser redet noch einmal eindringlich mit Seppei, aber es fruchtet nichts, Seppei bleibt verstockt.

Da weiß sich der Herr Pfarrer nicht mehr anders zu helfen, als daß er die Kapelle zusperrt und an der Tür ein Schild anbringen läßt, auf dem steht: Wegen Renovierung geschlossen.

Seppei durchschaut natürlich die Lüge sofort. Er geht zum vergitterten Seitenfenster, klettert auf den Sims und ruft zur Jungfrau Maria hinein: Jetzt haben sie auch noch die Tür abgesperrt, diese Sauhund! Aber da haben sie sich geschnitten. Jetzt hüpf ich in die Ache, dann steht uns keiner mehr im Weg, dann sind wir beisammen in alle Ewigkeit, Amen!

Gesagt, getan. Seppei rennt zur Ache, wo sie am tiefsten ist, und springt hinein. Aber der Mesner hat ihn beobachtet und springt gleich nach und rettet ihn.

Im Widum zieht die Pfarrersköchin dem Seppei die nassen Kleider aus, wickelt ihn in ein paar Decken und gibt ihm heißen Rum-Tee zu trinken. Der Herr Pfarrer geht währenddessen ratlos im Zimmer auf und ab und sagt immer wieder: Ja, Herrschaftsseiten, was soll ich nur tun mit dem Malefizbuam?!

Auf einmal schaut die Tochter vom Totengräber bei der Tür herein, die Berta, die ein Jahr älter ist als der Seppei. Was willst denn? fragt die Pfarrersköchin. – Nachschaun, wie's dem Seppei geht, antwortet Berta. Ich hab gehört, er ist ins Wasser gegangen. – Ja, der Dolm! sagt die Köchin. Was dem alles einfällt! Mit sein' Muttergotteswahn! Alles, was recht ist!

Berta kommt herein und nähert sich Seppei, der, schon leicht benebelt vom Rum-Tee, auf dem Diwan liegt. Seppei, sagt Berta mit sanfter Stimme und nimmt seine Hand, Seppei, was machst denn für Sachen?!

Da fängt Seppei plötzlich zu schluchzen an, daß es ein Elend ist. Sogleich schießt auch Berta das Wasser in die Augen und so weinen sie beide gut fünf Minuten lang. Der Herr Pfarrer greift nach der Rumflasche und nimmt einen kräftigen Schluck, und auch die Köchin wischt sich über die Augen.

Sie wollen mich nimmer zur Jungfrau Maria lassen! schluchzt Seppei. Das halt ich nicht aus, da will ich lieber hin sein! – Berta schaut strafend den Herrn Pfarrer an.

Ja, Herrschaftsseiten, poltert der, von mir aus kann er ja zur Jungfrau Maria, so oft er will, aber er soll dabei nicht so einen Zirkus aufführen! – Eine Weile herrscht Schweigen.

Weißt was, Herr Pfarrer, sagt Berta, wenn ich mit dem

106

Seppei die Muttergottes besuch, dann führt er sicher keinen Zirkus auf. – Der Herr Pfarrer schaut Berta erstaunt an, wiegt den Kopf, nimmt noch ein Schlückchen Rum, und meint schließlich: Naja, naja, versuchen können wir es ja. Was sagst du dazu, Seppei? – Lieber wär ich schon allein mit der Jungfrau Maria, antwortet Seppei, aber besser wie nix ist es alleweil.

Die Eltern Seppeis, die ganz außer sich sind, weil ihr Kind sich was antun wollte, erklären sich ebenfalls einverstanden mit dieser Abmachung.

Und so geschieht es. Der Herr Pfarrer entfernt das Schild, sperrt die Kapelle wieder auf, und Seppei und Berta besuchen von nun an gemeinsam die Muttergottes. Am Anfang ist Seppei sehr unzufrieden, das muß man schon sagen. In Bertas Gegenwart kann er ja nicht reden mit der Heiligen Jungfrau, er traut sich ja nicht einmal zu singen, geschweige denn sie zu umarmen, das natürlich schon gar nicht.

Eines Tages aber beginnt Berta plötzlich von selber zu singen und singt das Meerstern-ich-dich-grüße so innig, daß dem Seppei ganz anders wird. Er nimmt ihre Hand und sie singen gemeinsam weiter. Und auf einmal kriegt Seppei eine Ganslhaut und ein ganz warmes Gefühl im Bauch, und er weiß nicht, ist das jetzt wieder wegen der Gottesmutter oder wegen der Berta, die neben ihm sitzt und fast so schöne strahlende Augen hat wie die Heilige Jungfrau Maria.

Seppei auf dem Dorffest

Die Männer, die schon seit dem frühen Morgen mit dem Aufstellen der Stände, Tische und Bänke und dem Legen der Leitungen für die Lampions beschäftigt sind, werfen immer wieder prüfende Blicke zum grauverhangenen Himmel und äußern die Befürchtung, daß das Wetter heuer wohl wieder nicht halten werde.

Seppei, vierzehn Jahre alt, ein Sohn des Hanser-Bauern, hilft dem Kalkschmied-Metzger beim Aufbau des Würschtlstandes und hat bereits heimlich drei Paar kalte Frankfurter verputzt.

Um vier Uhr nachmittags fängt es an zu nieseln, und der Post-Wirt grinst, weil seine fünfhundert Sitzplätze mit einer riesigen Zeltplane überdacht sind. Seppei kassiert vom Kalkschmied-Metzger einen Fünfziger und geht zum Postwirtzelt, wo er sich der eben angekommenen Sechs-Mann-Kapelle als Hilfskraft anbietet. »Was willst dafür?« – »Einen Fuchzger!« – »Okay!« Seppei schleppt die Verstärker und die Musikinstrumente aufs Podium, während die Mitglieder der Band ein Faß Bier anschlagen und sich den ersten Liter genehmigen. Der Post-Wirt spendiert ihnen noch eine Flasche Obstler und äußert den Wunsch, die Band möge den Fremden heute abend ordentlich einheizen. »Worauf du dich verlassen kannst!« meint der Trompeter. »Die wer ma schon zum Schwitzen bringen!« Seppei versucht das Schlagzeug zusammenzubauen, aber es gelingt ihm nicht, die beiden Tschinellen fallen scheppernd zu Boden, und der Schlagzeuger schreit: »Spinnst du, Bua, des is ja kein Fahrradl!«

Auf dem Tanzboden schlägt der Tischler die letzten Nägel ein, hüpft ein paarmal probeweise auf den Brettern herum und nickt zufrieden. Seppei kassiert seinen Fünfziger und bekommt als Draufgabe von den Musikern ein Stamperl Obstler. »Der brennt obi, was?!« meint lächelnd der Harmonikaspieler, als Seppei Tränen in die Augen steigen. »Es geht«, antwortet Seppei, »mein Votter brennt einen besseren!«

Ein Lieferwagen fährt gegenüber vor, Plastikwannen voll mit Bratwürsten, Koteletts und Hendln werden ausgeladen, und Seppei rennt sofort hin, um zu helfen. Der Angermann-Metzger ist zwar nicht bereit, einen Fünfziger zu blechen, aber er verspricht Seppei eine Bratwurst, ein halbes Hendl und ein Bier, womit Seppei vollauf zufrieden ist.

Um das Dorfzentrum herum wird jetzt ein Absperrzaun aus Holzlatten aufgestellt, nur vier Eingänge läßt man offen. Überall am Dorfplatz und in den angrenzenden Seitengassen stehen jetzt Schießbuden, Standeln und Podien für Zwei-Mann- und Drei-Mann-Musikgruppen. Gegen sechs flammen die ersten Holzkohlenfeuer auf, und am Friedhof bereiten drei Burschen das Feuerwerk vor. In einem unbewachten Augenblick fladert Seppei drei Raketen aus der Holzkiste, die auf der Steineinfassung des Kriegerdenkmales steht, und er versteckt die Raketen hinter einem Grabengel.

Es hat nun aufgehört zu regnen, aber ein kühler Wind weht. Die ersten Fremdengäste tauchen auf und die ersten Fässer Bier werden angeschlagen. Der Eintritt kostet 20,– Schilling, jeder Gast erhält eine grüne Plastikspange angeheftet. Seppei bekommt von seiner Schwester Anna, die an einem Eisstandl arbeitet, ein Schokoladeeis geschenkt. Die Chefin des Standes schaut finster drein, weil es so kühl ist, und sie setzt ihre

Hoffnung auf den Verkauf der Zuckerwatte. Seppei schlendert zum Feuerwehrhaus, dessen Tore weit offen stehen und wo die Feuerwehr Bänke und Tische aufgestellt hat. Die Feuerwehrmänner treten in ihren Uniformen als Kellner auf, ein Schild verkündet, daß der Reinverdienst dieses Abends einem neuen Spritzenwagen zugute kommt. Seppei wird von Schorsch, einem der Feuerwehrmänner, auf ein Bier eingeladen. Der Schorsch kommt eben vom Bundesheer und erzählt Seppei, wie er am letzten Abend in Innsbruck mit zwei Kameraden einen Wachtmeister abgepaßt und hergeschlagen hat, weil dieser so ein sekkanter Hund gewesen war. »Decken von hinten übern Kopf und dann ordentlich hergnußt! So geht des!« Der Lehrer von Seppei spaziert vorüber, und Seppei stellt schnell sein Bier hin und sagt: »Grüß Gott, Herr Lehrer!« Der Lehrer nickt abwesend und geht weiter.

Es ist jetzt sieben Uhr und die Musikkapelle marschiert mit klingendem Spiel zum Pavillon. Zwei Marketenderinnen verkaufen Schnaps aus ihren kleinen, an den Hüften hängenden Fässern. Die Kapelle nimmt im Pavillon Aufstellung und spielt einige flotte Weisen. Immer mehr Fremdengäste und auch Einheimische füllen nun das Dorfzentrum. Seppei zieht seine Hobby hervor und bietet dem Schorsch eine an. »Was«, fragt der, »du rauchst schon?« »Ja, leider!« antwortet Seppei und zündet Schorsch und sich die Zigaretten an. »Is aber ein bißl früh!« meint Schorsch. »Freilich«, sagt Seppei. »I rat eh einem jeden ab! Aber i derlaß es halt nimmer, verstehst? I derlaß es einfach nimmer!«

Ringsum beginnen auf den Podien die Zwei- und Drei-Mann-Kapellen zu spielen, und es entsteht ein buntes Klanggemisch. Da die kleinen Gruppen alle mit Verstärker arbeiten, wird die Blasmusikkapelle manchmal übertönt. Seppei trinkt sein Bier aus, klopft dem Schorsch auf die Schulter und macht einen Rundgang. Das Gedränge ist jetzt schon sehr arg geworden, die vielen lachenden, trinkenden und tanzenden Menschenkörper bewirken einen Temperaturanstieg. Seppei läßt sich im Strom der Leute dahintreiben und fühlt sich sehr wohl. An einem Schießstand darf er gratis schießen, und er bekommt einen Buschen Papierenziane mit großen grünen Blättern. Stolz steckt sich Seppei die Trophäe auf sein Hütl und kehrt dann beim Angermann-Metzger zu, wo er sein halbes Brathendl verspeist und das Bier dazu trinkt. Einige junge Burschen grüßen Seppei im Vorübergehen und Seppei hebt lässig seinen Bierkrug und sagt: »Heil!« Die Burschen verfolgen ein paar junge Mädchen aus der Bundesrepublik, die immer wieder kichernd zurückschauen. Als Seppei sein Bier ausgetrunken hat, ist er schon leicht benebelt, was sein Wohlbefinden aber noch steigert. Er schaut zur Kirchturmuhr. Erst acht Uhr, noch zwei Stunden darf er bleiben. »Wennst um zehne nit daheim bist, kriegst für jede Minuten, die du später kommst, eine ordentliche Watschen!« hat der Vater gesagt.

Seppei schlendert zu einer Zwei-Mann-Band, deren Ziehharmonikaspieler sein Bruder Loisei ist. »Seavas, Loisei!« schreit Seppei, und Loisei zwinkert Seppei zu, während er singt: »Heidi, Heidi, tuas nochamal!« Seppei bewundert seinen Bruder maßlos, weil er so ein wilder Hund ist und so gut Ziehharmonikaspielen kann. Im Winter hat er allerdings oft auch eine Mordswut auf den Loisei, weil dieser nach dem Schikurs dauernd mit den deutschen Weibern im Wirtshaus hockt, und der Seppei dann die ganze Arbeit im Stall allein machen muß. Der Vater ist ja nebenbei als LKW-Fahrer beschäftigt und kommt erst nach sechs heim.

Loisei erzählt jetzt einen anzüglichen Witz, worauf alle lachen, und auch Seppei grinst, obwohl er nicht ganz mitgekommen ist. Ein deutsches Ehepaar bestellt bei Loisei und seinem Kollegen das »Kufsteinerlied« und spendiert dafür einen Liter Roten. Seppei singt ein paar Takte mit, dann geht er wieder zum Schießstand. Diesmal darf er aber nicht mehr gratis schießen, so zahlt er halt und schießt prompt dreimal daneben. Die Burschen um Seppei grinsen, und Seppei möchte am liebsten in den Boden versinken vor Scham. Er schießt noch dreimal und diesmal räumt er ab. Drei vielfarbige Federbuschen sind sein Lohn, und er steckt sie an den Hut, als sei es das Selbstverständlichste von der Welt. Die Burschen nicken anerkennend, Seppei sagt: »Heil!« und schlendert Richtung Angermann-Metzger, weil er wieder hungrig ist. Hinter dem Musik-Pavillon sieht er, halbverdeckt von Büschen, wie ein Musikant in Tracht einem deutschen Mädchen die Blue Jeans herunterzieht. Seppei bleibt stehen und schaut mit großen Augen. Der Musikant erblickt Seppei und knurrt: »Verschwind, sonst fangst eine!« Seppei geht nachdenklich weiter, und beim Angermann-Stand angekommen, bestellt er seine Bratwurst, die er noch guthat. Auch einen Krug Bier läßt er sich noch zukommen, denn jeden Tag ist nicht Dorffest. Er schaut zur Kirchturmuhr: Oh je, 10 Uhr 15 ist es schon! Fünfzehn Watschen!, denkt sich Seppei. Da bleib i lieber noch eine Stund, weil fünfzehn Watschen, die kann er mir geben, aber sechzig, das hält er selber nicht durch! Da gibt es halt ein paar ziemlich saftige und damit Schluß!

Eine Hand legt sich auf Seppeis Schulter und er dreht sich um. Es ist der Moor-Adam, den sie entmündigt haben. Ein kleiner Mann mit langem, schwarzem Vollbart, rosigen Wangen und ganz blauen, strahlenden

Augen. Seine Schwester Lena ist auch dabei. Die gefällt Seppei. Sie ist ein Jahr jünger als er und hat einen wunderschönen Mund, der so rosig ist wie die Wangen von Adam. Seppei bekommt immer Herzklopfen, wenn er die Lena trifft. Sie ist die zweite heimliche Liebe seines Lebens. Vor zwei Jahren, da war Seppei in die Berta verliebt, die Tochter vom Totengräber. Aber das ist nicht gutgegangen, weil die Berta einen Muttergotteswahn entwickelt hat, das heißt, zuerst hat der Seppei diesen Muttergotteswahn gehabt, und hat die Berta damit angesteckt, und wie der Seppei sich mehr für die Berta zu interessieren begann als für die Heilige Jungfrau, da hat plötzlich sie, die Berta, diesen Wahn gehabt, und deshalb gab es dann Streitereien zwischen den beiden; aber das ist eine andere Geschichte . . . Jedenfalls ist der Seppei nun in die Lena verliebt, die stammt aus einer Bauernfamilie mit zwölf Kindern, und die Lena hat keinen Muttergotteswahn, eher schon das Gegenteil, einige alte Weiber im Dorf behaupten das jedenfalls, sie soll nämlich schon einmal mit einem Burschen im Heustadl erwischt worden sein, man stelle sich das vor, im Alter von dreizehn Jahren! Seppei bekommt einen roten Schädel und lädt den Adam und die Lena auf ein Hendl ein. Lena lächelt darauf den Seppei so lieb an, daß ihm ganz schlecht wird. Schnell bestellt er ein Bier für den Adam und noch eins für sich, und die Lena bekommt ein Kracherl.

Plötzlich beginnt ein fürchterliches Krachen und Knallen und am Himmel oben explodieren Feuerwerksraketen. Seppei ist froh um die Ablenkung und schaut interessiert gegen den Himmel. Die Fremdengäste klatschen und rufen: »Ahh!« und »Ohh!« und ein paar Einheimische rufen: »Bumsti!« und »Wuusch!« Alle schauen dem prächtigen Feuerwerk zu, nur ein einziger

Mensch zeigt nicht das geringste Interesse, und das ist der Moor-Adam. Der widmet sich innig seinem Hendl, frißt es in sich hinein, beißt in die splitternden Knochen, lutscht sie genußvoll ab, blickt nicht ein einziges Mal auf von seinem Pappteller, während es kracht und donnert und blitzt über ihm. Nachdem das Feuerwerk verpufft ist, fängt es wieder zu regnen an, und viele Fremdengäste machen sich auf den Heimweg. Seppei bietet dem Moor-Adam eine Hobby an und nimmt selber eine. Schweigend stehen sie da, Seppei möchte der Lena etwas Nettes sagen, aber es fällt ihm beim besten Willen nichts ein. Plötzlich fühlt er, wie ihm das Bier hochkommt, er rennt schnell hinter ein Gebüsch beim Musik-Pavillon und speibt sich aus. Hundselend ist ihm, hundselend! Aber jetzt kann er nicht schlappmachen, die Lena ist ja da. Er geht schwankend zurück und sagt zur Lena: »Komm mit, jetzt schieß i dir einen Buschen!« Sie gehen alle drei zu einem Schießstand und Seppei zeigt sich wider eigenem Erwarten in Hochform. Er schießt ein paar wunderschöne Sträuße Plastikblumen und heftet sie der Lena an die Bluse. Er spürt dabei ihre kleinen Brüste, und seine Hände beginnen zu zittern und sein Herz pumpert, als würde es gleich in tausend Trümmer zerspringen. Lena schaut Seppei mit ihren großen, blauen Augen an, ganz ernst schaut sie, und Seppei weiß sich nicht mehr zu helfen. Er zieht seine Hände, die brennen wie Feuer, schnell zurück und sagt: »Jetzt gemma noch was trinken!« Die drei gehen zum Post-Wirt-Zelt, wo noch alles gesteckt voll ist. Auf dem Tanzboden wimmelt es von Leuten, die Musiker sind längst alle besoffen und spielen falsch, aber das stört keinen mehr. Seppei, Adam und Lena suchen sich einen Platz, und Seppei bestellt zwei Bier und ein Kracherl. Gerne würde Seppei die Lena zum Tanz auffordern, aber er traut sich nicht. Da zeigt der Moor-Adam auf den Tanzboden und dann auf Lena und Seppei. Lena lächelt, nimmt Seppei am Arm und zieht ihn auf den Tanzboden. Es wird gerade ein Landler gespielt, und Lena übernimmt die Führung und wirbelt Seppei herum, daß ihm Hören und Sehen vergeht. Er spürt ihren warmen Körper an seinem, und es ist unbeschreiblich schön, und Seppei schwört sich, daß er die Lena bald einmal fragen wird, ob sie sich nicht auch einmal mit ihm ins Heu legen möchte.

Plötzlich bricht neben Seppei und Lena ein Bursch mit dem rechten Bein durch eine Planke des Tanzbodens. Alle lachen, der Bursch zieht fluchend sein Bein aus dem Loch und entfernt ein paar Splitter aus seiner Wade. Auf einmal steht der Tischler neben ihm und haut ihm eine kräftige Ohrfeige herunter. Der Bursch schaut verdutzt und fragt: »Für was war denn des?« Der Tischler: »Des fragst du noch? I laß mir doch mein Tanzboden nit ruinieren von dir!« Der Bursch schaut noch verdutzter, dann gibt er seinerseits dem Tischler eine Watschen, sodaß dieser rücklings über das Geländer vom Tanzboden stürzt. Der Tischler steht blitzschnell wieder auf und brüllt: »Du Sauhund! Beinah hätt i mir's Kreuz brochen!« Ein Mann, der neben dem Tischler sitzt, schaut auf dessen rechten Arm und sagt: »Ja, aber den Arm hast dir nit beinah brochen, der ist wirklich ab!« Der Tischler schaut auf seinen rechten Arm und sieht, daß der Unterarm etwas geknickt ist und wird ganz bleich im Gesicht. »Aber jetzt, aber jetzt. . .«, schreit er zu dem Burschen hinauf und schüttelt die Faust der linken Hand und läuft schnell weg. Der Bursch zuckt mit den Schultern und tanzt weiter, die Kapelle hat nämlich gar nicht aufgehört zu spielen. Auch die Lena nimmt den Seppei wieder um die Mitte und will weitertanzen, aber dem Seppei ist schon wieder hundsmäßig schlecht, er muß sich schnell übers Geländer beugen und speibt auf einen Tisch hinunter, an dem Leute sitzen. Ein Mann steht langsam auf: »Speibt mir der neben mein Bier hin! Wart, Mandl, di hol i glei!« Er greift durchs Geländer nach Seppeis Beinen, dieser weicht aber zurück und verschwindet zwischen den Tanzenden. In diesem Augenblick kommt der Tischler mit vier Gendarmen zurück und zeigt mit der linken Hand nach dem Burschen auf dem Tanzboden, der seinen Armbruch verschuldet hat. Der erste Gendarm schreit hinauf: »Komm, geh her da, aber schnell!« Der Bursch tut, als würde er die Gendarmen nicht sehen und tanzt ungerührt weiter. Darauf gehen die Gendarmen und der Tischler über die Treppe aufs Podium und drängen sich zwischen den Tanzenden durch, auf den Burschen zu. Dieser tanzt ihnen aber mit seinem Mädchen immer wieder davon, die anderen Tänzer helfen ihm sogar bei diesem Spiel, indem sie die Gendarmen und den Tischler nicht durchlassen. Darauf werden die Gendarmen böse und drängen die Leute mit Brachialgewalt auseinander. Der Bursch löst sich nun von seinem Mädchen, nimmt Boxerhaltung ein und sagt: »Kommts her, kommts nur her!« Die Gendarmen versuchen, den Burschen zu packen und niederzuringen, aber er schlägt so wild um sich, daß es ihnen nicht gelingt. Der Tischler hüpft um die fünf herum und schreit: »Schlagts ihn her! Schlagts ihn her!« Die Musik hört nun auf zu spielen, die Leute auf dem Tanzboden bilden einen Kreis um die Raufenden, und auch die Leute unten sind von den Bänken aufgestanden und umstehen den Tanzboden. Der erste Gendarm zieht nun seinen Gummiknüppel und schlägt damit auf den Burschen ein. Das ist aber für einen Teil der Umstehenden Anlaß, für den Burschen Partei zu ergreifen, und so haben die Gendarmen nichts mehr zu lachen, man prügelt sie windelweich.

Seppei will auch in irgendeiner Form mitmachen und so zieht er dem herumhüpfenden und fluchenden Tischler den Meterstab aus der Gesäßtasche, faltet ihn auseinander und zerbricht ihn überm Knie. Zwei der Gendarmen gelingt es nun, ihre Gummiknüppel zu ziehen und sie dreschen damit auf ihre Gegner ein. Auf einmal taucht der Moor-Adam bei den Kämpfenden auf, reißt einem der Gendarmen den Gummiknüppel aus der Hand und droht ihm mit dem Zeigefinger, als wollte er sagen: »So was tut man doch nicht!« Ein Zuschauer schreit: »Hau zu, Adam, hau zu, du hast eh den Jagdschein!« Adam wirft den Knüppel weg und versucht auch dem zweiten Gendarm den Schlagstock zu entwinden. Dieser kann aber ausweichen und schlägt dem Adam mit solcher Wucht auf den Kopf, daß er umfällt wie ein Baum. Da hüpft Seppei dem Gendarm von hinten auf den Rücken, hält sich mit den Händen an dessen Stirn und Nase fest, sodaß der Gendarm nichts mehr sieht und samt dem Seppei zu Boden geht. Inzwischen kniet sich Lena zu Adam hin und tätschelt seine Wangen. Adam macht die Augen auf und schaut verwundert. Lena schüttelt strafend den Kopf, hilft dem Adam auf, nimmt ihn an der Hand, zieht ihn vom Tanzboden und geht mit ihm weg. Seppei hängt noch immer am Gendarm, aber jetzt stößt ihm dieser den Ellbogen in den Magen und Seppei läßt sich stöhnend beiseite rollen. Inzwischen hat der Feuerwehrkommandant die Initiative ergriffen, hat schnell vom Spritzenhaus einen Schlauch zum Podium legen lassen und spritzt jetzt die ganze Gesellschaft vom Tanzboden. Die vier Gendarmen, waschelnaß und blutig geschlagen wie alle andern auch, sind müde und verzweifelt und haben keine Lust mehr zum Amtshandeln. Sie wenden sich zum Gehen, aber der Tischler stellt sich ihnen in den Weg, hebt seinen geknickten Arm und ruft:

»Ja, und wer zahlt mir des?« »Die Krankenkasse!« sagt ein Gendarm. »Die Krankenkasse!« Er schiebt den Tischler unsanft beiseite, und die Gendarmen ziehen sich in ihr Revier zurück. Nun geht das Fest erst recht weiter, der Sieg über die Staatsgewalt muß gefeiert werden. Seppei hält nach Lena und Adam Ausschau, aber die beiden sind verschwunden. So beschließt Seppei, noch ein letztes Bier zu trinken und eine Hobby zu rauchen, dann will er heimgehen. Aber es geht so rund und es ist so lustig, daß der Seppei noch drei Bier trinkt, mindestens fünf Zigaretten raucht und sogar ein paar bundesdeutsche Mädchen zum Tanz auffordert. Der Tischler hat auf den Schreck einen halben Liter Schnaps vertilgt, ist schon wieder bestens gelaunt und trinkt mit dem Verursacher des Armbruchs Bruderschaft. Er nagelt sogar mit der gesunden Hand eine Planke über das Loch im Tanzboden und alle lassen ihn dafür hochleben.

Gegen vier Uhr sind fast keine Fremdengäste mehr da, nur noch eine Runde von Einheimischen und ein paar weibliche Gäste feiern weiter. Die Holzkohle bei den Würschtelstandeln ist verglüht, das Verkaufspersonal rechnet müde die Einnahmen ab. Der Lattenzaun um das Dorfzentrum ist überall niedergerissen, Papierschlangen, Pappteller und zerbrochene Biergläser liegen herum. Es wird hell.

Seppei erhebt sich schwerfällig von der Bank und geht zum Friedhof, wo er seine Raketen hinter dem Grabengel hervorholt. Als er den Friedhof auf der anderen Seite wieder verläßt, sieht er dort den Lehrer mit hochgezogenen Beinen an der Mauer sitzen. Den Kopf auf die Knie gelegt, schläft er ganz tief und ruhig. Seppei bleibt vor ihm stehen, zündet sich die allerletzte Hobby an, läßt die zerknüllte Packung neben dem Lehrer niederfallen und macht sich auf den Heimweg.

Seppei beim 50. Internationalen Hahnenkammrennen, am 12. Jänner 1980

Seppei ist mit dem Zug nach Kitzbühel gefahren, weil er annimmt, daß er nach dem Rennen kaum mehr in der Lage sein wird, seinen VW nach Hause zu steuern. Eine Schnapsflasche ist ja leider schon leer, die haben ihm die anderen Schlachtenbummler in seinem Waggon ausgesoffen. Es ist 11 Uhr, als Seppei mit zwei Freunden beim Hahnenkamm-Bahnhof aus dem Zug steigt, und das Rennen beginnt erst um 12.25 Uhr, das heißt, es bleibt noch etwas Zeit, sich in einem Gasthaus aufzuwärmen, es ist nämlich teuflisch kalt. Seppei schultert seine Tafel, auf der steht: HARTI WIRD SIEGEN!, und er geht mit seinen zwei Freunden die Straße hinunter. Es wimmelt nur so von Menschen, es ist richtig der Bär los, wie Seppei so was zu bezeichnen pflegt. Sie kommen am Pressezentrum vorbei, und Seppei erkennt den Minister Sinowatz, der steht mit einem Mann, den Seppei auch schon im Fernsehen gesehen hat, vor dem Eingang und schaut sehr fröhlich und gesund aus. Seppei schreit hinüber »Seavas, Fred!«, aber der Minister hört ihn nicht. Einige Meter weiter stößt Seppei beinahe mit dem Bundespräsidenten zusammen, der mit einer Dame, wohl seiner Frau, des Weges kommt. Seppei weicht respektvoll zur Seite, haut dabei aber einem deutschen Gast versehentlich die Tafel auf den Kopf. Der Bundespräsident muß über diesen Vorfall lächeln und spaziert mit seiner Frau weiter, der deutsche Gast schimpft hinter Seppei her: »Mann, passen Sie doch auf, mit Ihrer dämlichen Tafel!« Seppei und seine Freunde sehen ein Wienerwald-Lokal, sie kehren dort ein und bestellen zwei Liter

Glühwein. An einem Nebentisch sitzen ein paar Wiener Gäste, die Prognosen über den heutigen Abfahrtslauf anstellen. »Die Kanadier gwinnen, is eh kloa!« meint einer. »Unsere kenan ja nur mehr die Goschen aufreißn, gwinan tans eh nix! So wie da Grissmann! A mords Goschen und nix dahinter!« Seppei dreht sich hinüber: »Was sagst du da?! Du Weana-Bazi, du gscherter! A große Goschen habts wohl ihr da untn! Ihr Schleimscheißer!« »Heast, Oida«, antwortet der Wiener, »tua ned aufdrahn, gö! Wei sunstan reib i dir ane, daß d' wiara Drachenfliaga über Kitzbühel dahinschwebst!« Seppei steht auf. »Ah so? Ah so? Und i hau di glei ungspitzta in Bodn eini, du Burenwurschtfresser, du wamperter!« Der Wiener steht auch auf. »No, kumm her, du Gebirgsdolm! Kumm scho, du Inzüchtler!« Seppei reißt sich die Lodenjacke vom Leib und will sich auf den Wiener stürzen, aber der Geschäftsführer des Lokals wirft sich dazwischen und schreit Seppei an: »Sie verlassen auf der Stelle das Lokal, oder ich ruf die Gendarmerie!« Seppei greift nach seiner Tafel, in der Absicht, sie dem Geschäftsführer auf den Kopf zu dreschen, aber da sieht er draußen auf der Straße zwei Gendarmen stehen, die interessiert beim Fenster hereinschauen. Also stellt Seppei sich friedlich, trinkt mit seinen Freunden stehend den Glühwein aus, dann zahlen sie und verlassen das Wienerwald-Lokal. Zur Besänftigung ihres Zornes trinken sie noch einen Schluck aus Seppeis zweiter Schnapsflasche, dann gehen sie durch das südliche Stadttor und flanieren die Hauptstraße entlang. Seppei fällt auf, daß sehr viele noble Touristen mit dicken, wulstigen Pelzmänteln unterwegs sind. Die Frauen tragen Schirmmützen mit aufgesticktem goldenem Wappen, und die Männer grüne Tiroler Hüte mit Federn drauf. »Hai Sozieti!« sagt Seppei zu seinen Freunden. »Stinkreich! Lauter Gauner!« Die

Freunde nicken. Vor einem Friseursalon bleibt Seppei stehen. Ein handgeschriebener Zettel klebt an der Auslagenscheibe, und auf dem Zettel steht: Hier bedient Sie der ehemalige Leibfriseur des Schahs Reza Pahlevi! Seppei deutet auf den Zettel. »Jetzt schauts euch des an! Na so was! Den muaß i jetzt glei was fragen!« Während die beiden Freunde noch den Zettel lesen, geht Seppei in den Friseursalon, der sehr vornehm ist, und wendet sich an den dunkelhäutigen Mann, der gerade einem Touristen die Haare schneidet. Seppei: »Bist du der Perser?« Der Friseur: »Ja, mein Herr! Bitte, Sie wünschen?« Seppei: »Ja, sag amal, bist du wirklich der Leibfriseur vom Schah gwesen?« Der Friseur: »Jawohl, bin ich gewesen, acht Jahre lang!« Seppei: »Hast da gut verdient?« Der Friseur: »Oh, gut verdient und schönes Leben! Bin ich gewesen berühmteste Friseur von Persien!« Seppei: »Ja, und jetzt? Wieso bist du jetzt nimmer der Leibfriseur vom Schah?« Der Friseur hört auf zu schneiden und schaut Seppei traurig an. »Ja, wenn Kaiser vertrieben aus Persien! Hat nicht können mich mitnehmen!« Seppei: »Ja, ja, so gehts! Wo isa denn eigentlich jetzt, der Schah? Woaßt, i bin jetzt amal nimmer zum Fernsehschaugen kommen, weil i Schilehrer bin, und da muaß i auf'd Nacht mit die Gäst immer feiern!«

Der Friseur beginnt zu weinen. »Kaiser liegt in Amerika in Klinik und ist viel krank! Soviel krank! Ah, wie ich hasse diese Ayatholla!« Seppei nickt. »Ja, ja, des is a wilder Hund, der Khomeini! Aber sag amal: Vom Schah hört ma auch nit viel Gutes! Der is immer nach St. Anton Schifahren gangen, und seine Leut haben gehungert, und gemartert sind's a wordn!« Der Friseur beginnt mit den Armen zu fuchteln. »Alles Lüge, alles Lüge! Lüge von Kommunisten und Lüge von religiöse Fanatiker! Kaiser Reza hat geliebt sein Volk, hat gemacht westliche Demokratie, und hat gekauft viel moderne Technik von die Amerikaner! Jetzt wieder Mittelalter in Persien!« Seppei wiegt den Kopf. »Ja, ja, es is nit einfach! Jeder sagt was anders! Die Wahrheit wer ma wohl nie derfragen!« Der Friseur funkelt Seppei böse an. »Wahrheit ist: Revolution schlecht, Khomeini schlecht, Kaiser viel gut! Und jetzt soviel krank!« Wieder rinnen dem Friseur Tränen über die Wangen, und Seppei zieht seine Schnapsflasche hervor. »Da, trink a Schnapsl! Des hilft gegen alles!« Der Friseur nimmt die Flasche und hebt sie hoch: »Gesundheit für Kaiser Reza! Nieder mit Khomeini!«

Und er trinkt einen kräftigen Schluck. Die zwei Freunde schauen neugierig und verwundert durch die Auslage herein. Nachdem auch Seppei sich einen Schluck genehmigt hat, verstaut er die Flasche wieder und gibt dem Perser die Hand. »Also, pfiat di nacha, mach's guat!« Der Friseur verbeugt sich: »Auf Wiedersehen, mein Herr! Tiroler sind gastfreundlich wie persisches Volk! Allah segne Sie!« Seppei nickt freundlich und verläßt den Friseursalon. Da es schon 12 vorbei ist, machen sich die drei auf den Weg zur Streifabfahrt. Seppei erzählt den Freunden, was er mit dem Perser geredet hat und meint abschließend: »Auf jeden Fall is der Khomeini ein Sauhund!« Die Straße zur Hahnenkammbahntalstation ist total verstopft, und alle paar Meter steht ein Kartenverkäufer, und die drei Freunde kaufen Eintrittskarten. Seppei möchte den Preis von 80 Schilling auf 50 herunterhandeln, aber der Verkäufer bleibt hart. Beim Bahnübergang müssen sie warten, weil eben der Sonderzug der »Kleinen Zeitung« aus Graz eingefahren ist und etliche hundert johlende Schlachtenbummler ausspeit. Als sich der Schranken öffnet, überqueren die Freunde die Bahngeleise und lassen sich von der Menge Richtung Zielraum treiben. Nach ein paar hundert Metern kommen sie zu einer Bude, wo Bier und harte Getränke ausgeschenkt werden. Da Seppei seinen eigenen Schnaps aufsparen will, schlägt er vor, sich hier noch mit ein paar Schnäpsen aufzuwärmen, da es wirklich verdammt kalt ist. So geschieht es auch, und jeder bezahlt wie üblich drei Runden, und so haben sie binnen weniger Minuten schon einen ordentlichen Dampf, denn zu trinken angefangen haben sie ja nicht erst im Zug, sondern schon vor der Abfahrt am Bahnhofsbuffet. Vom Zielraum herüber hört man den Platzsprecher, der verschiedene ausländische Delegationen und die Schlachtenbummler aus ganz Österreich begrüßt. Ein kleiner, alter Mann kommt mit einem Holzkoffer daher, stellt den Koffer auf die Schank der Bude, öffnet den Koffer und holt eine Zither heraus.

»Bravo!« ruft Seppei. »Spiel uns oans! Bist eingladen auf a Schnapsl!« Der alte Mann beginnt zu spielen und jodelt dazu. Seppei stellt ihm einen Schnaps hin und jodelt mit, worauf der Mann sofort aufhört. »Spielst du oder i?« »Entschuldige«, murmelt Seppei, »entschuldige! I weiß eh, daß i nit singen kann!« Einer der beiden Freunde sagt zu Seppei, daß es nun wohl an der Zeit sei, zur Rennstrecke hinüberzugehen, aber Seppei winkt ab: »Ah was! Zerst fahrt eh die Schischul herunter, dann die Vorläufer, des hat no Zeit!« Seppei bestellt noch eine Runde, seine Freunde lehnen aber ab und gehen Richtung Streifabfahrt davon. »Auch recht«, sagt Seppei, »sauf i die drei Stamperln selber aus!« Das tut er dann doch nicht, einen Schnaps spendiert er nämlich noch dem Zitherspieler. Ein ORF-Kameramann nähert sich nun mit der Kamera auf der Schulter der Schnapsbude. Ein ihn begleitender Reporter wendet sich an Seppei, hält ihm das Mikrofon vor die Nase und fragt: »Was glauben Sie, wer heuer den Abfahrtslauf gewinnen wird?« Seppei nimmt seine Tafel, hält sie vor die Kamera und ruft: »Harti Weirather wird siegen, weil der ist hart wie Stahl und schnell wie ein Windhund, jawohl!« Der Reporter grinst und wendet sich an den Zitherspieler. »Und was glauben Sie?« Der Zitherspieler spielt weiter und antwortet: »I glaub gar nix! Mi interessiert des nit!« Seppei drängt sich vor die Kamera und ruft: »Hoch Harti Weirather, nieder mit die Kanadier!« Der Reporter geht mit dem Kameramann weiter und Seppei schreit ihnen nach: »Österreich wird siegen, nieder mit'n Khomeini!« Vom Zielraum herüber ertönt nun die tiefe Stimme des Herrn Bundespräsidenten: »Hiermit eröffne ich das 50. Internationale Hahnenkammrennen!« Ein paar Leute strömen noch eilig zur Rennstrecke hinüber. Seppei ruft: »Bravo, Kirchschläger, hoch Harti!« und bestellt noch schnell eine letzte Runde Schnaps für sich. Der Platzlautsprecher kommentiert bereits den zweiten Vorläufer, als Seppei sich auf den Weg macht. In den Beinen spürt er schon eine bedenkliche Schwere. Als er eine schmale Brücke überquert, rutscht er aus und landet mit dem Gesicht voran im Graben unten. Den Mund voller Schnee, bekommt er einen Erstickungsanfall, rappelt sich auf, bricht aber sofort mit beiden Beinen durch die Eisdecke und steht im Wasser. Verzweifelt versucht er sich zu befreien, aber es gelingt ihm nicht gleich und er schreit: »Hilfe, helfts ma, verdammte Sauerei, i versäum ja das Rennen!« Der Platzsprecher kommentiert schon den Lauf der ersten Startnummer und Seppei kann sich endlich befreien, greift nach seiner Tafel, kriecht aus dem Graben und setzt sich erschöpft auf die Böschung. Die Moon Boots sind bis zum Rand voll mit Wasser, er zieht sie aus, leert sie aus, zieht sie wieder an. Auf den Schreck muß Seppei sich stärken, und er trinkt einen großen Schluck aus seiner Schnapsflasche. Dann steht er auf und geht zur Rennstrecke hinüber, die von Tausenden von Menschen umsäumt ist. Begeistert verfolgen die Zuschauer das Rennen, rufen »Hoppauf!«, »Gemma!«, »Bravo!« und »Ohje!«. Seppei will sich in der Nähe des Zielraumes an den Lattenzaun stellen, aber die Menschen stehen so dicht gedrängt, daß er nicht durchkommt. Als er zwei Burschen beiseite drängen will, kriegt er gleich einen Schubser, daß er samt seiner Tafel drei Meter zurückfliegt und am Boden sitzt. In der Nähe sieht er Schulkinder, die lachend zu ihm her blicken. Zwei der Kinder halten ein Transparent, auf dem geschrieben steht: HAUPTSCHULE GRAMATNEUSIEDL GRÜSST DAS SCHITEAM. Seppei steht taumelnd auf, greift nach seiner Tafel, hebt sie hoch und schreit den Kindern zu: »Nieder mit die Mostschädel, hoch Harti!« Dann schaut er sich nach dem Burschen um, der ihn weggeschubst hat, aber er findet ihn nicht mehr. Nach einer Weile gibt Seppei auf und geht zum Zielraum, um dort vielleicht einen Platz zu ergattern. Er sieht nun die Tribüne, die dort aufgebaut ist. »Ah, da geh i hin«, meint er, und tut es. Als er aber durch die Öffnung im Lattenzaun schlüpfen will, hält ihn ein Gendarm auf. »Haben Sie eine Einladung?« »Einladung? Wieso?« »Weil das die Ehrentribüne ist!« »Ja, und? Da will i mi jetzt hinsetzen, weil i hab nasse Füß!« »Sind Sie ein Sportfunktionär?« »Na!« »Politiker?« »Na!« »Dann verschwinden Sie, aber schnell!« Seppei reckt den Kopf, schaut zur Ehrentribüne und sieht dort in der ersten Reihe den Minister Fred Sinowatz, den Bundespräsidenten und den Tiroler Landeshauptmann sitzen. »He, Fred!« schreit Seppei. »Fred, laß mi hin zu dir! I bin a Schilehrer! I fall in deine Zuaständigkeit!« Der Gendarm wird jetzt böse und packt den Seppei vorne an der Brust. »Verschwind, du Trottel, sonst laß i di arretieren!« »Was willst du, was willst du?« schreit Seppei und holt mit seiner Tafel aus. Der Gendarm fängt Seppeis Arm ab und dreht ihn so fest herum, daß Seppei aufschreiend in die Knie sinkt. »I gib dir fünf Sekunden!« zischt der Gendarm. »Wenn i di dann noch seh, dann sitzt du zwei Monat wegen Widerstand gegen die Staatsgewalt, das schwör i dir!« Der Gendarm läßt los, Seppei steht auf und geht wie belämmert davon. Nach etwa zehn Metern dreht er sich um und schreit zum Gendarm zurück: »Nieder mit der Gendarmerie, hoch Harti!« Seppei fällt auf, daß er noch rein gar nichts vom Rennen mitgekriegt hat, und so beschließt er, sich jetzt einen Platz am Zaun zu erkämpfen und koste es Leben oder Gesundheit. Er stärkt sich wieder aus seiner Schnapsflasche, dann geht er auf die linke Seite des Zielraumes und kommt zu einem eingezäunten, kleinen Platz, auf dem sich eine Menge Fotoreporter aufhält. Beim Eingang steht ein Schild mit dem Aufdruck PRESSE. Seppei geht auf den Gendarm zu, der den Zugang bewacht, zieht lässig seinen Führerschein heraus, murmelt: »Kronenzeitung!« und will an dem Gendarm vorbei. Dieser schaut verdutzt auf Seppeis Tafel und sagt: »Wie bitte? Von wo san Sie?« »Kronenzeitung«, sagt Seppei, »Vizechefreporter Franz Fingerl mein Name!« Der Gendarm reißt Seppei den Führerschein aus der Hand, schaut hinein und sagt dann: »Und i bin der Vizegendarmerieoberst Hans Fäusterl, und das Fäusterl kriegst glei aufs Aug! Komm, gemma!« Er steckt Seppei den Führerschein in die Jacke, dreht ihn um und schiebt ihn unsanft weg. Seppei möchte dem Gendarm am liebsten mit dem Schild den Schädel einschlagen, aber er fühlt sich plötzlich so schwach, daß er sich ohne weitere Widerrede entfernt. Er trinkt den letzten Rest aus der Schnapsflasche, und es ist ihm hundselend zumute. Sein Kopf kommt ihm vor wie eine glühende Pfeife, und die Füße in den Moon Boots sind schon total vereist. Müde und zornig stapft Seppei wieder auf die andere Seite des Zielraumes. Unterwegs sieht er zwei Transparente; auf dem einen steht HEUTE SIEGEN DIE ÖSTERREICHER WIEDER!, und auf dem anderen GROSSARL GRÜSST KLAMMER – GRISS-MANN UND KOMPANIE! Seppei hebt sein Schild hoch und schreit: »Hoch Österreich, nieder mit'n Khomeini! Hoch Harti, nieder mit die Kanadier!« Er sieht in der Nähe einen Kleinbus mit der Aufschrift »Wettbüro«. Davor stehen ein Sonnenschirm und ein Tisch, und auf dem Tisch steht ein kleiner Farbfernsehapparat, und auf einem Stuhl daneben sitzt ein Mann, der interessiert das Rennen auf dem Bildschirm verfolgt. Seppei stolpert hin und sagt: »Tausend Schilling, daß der Khomeini g'winnt!« »Wie bitte?« fragt der Mann vom Wettbüro. »Tausend Schilling, daß der Khomeini g'winnt!« Der Mann schaut auf seine Liste: »Khomeini? Der fahrt ja gar nit! Außerdem läuft das Rennen schon, i nimm keine Wetten mehr an!« Seppei dreht sich wortlos um und stolpert zu einem Würschtelstand. »A Schnapsl will i!« »Da gibt's nur Bier!« »Dann reiß a Bier her!« Seppei bekommt eine Dose Bier in die Hand gedrückt, er reißt den Verschluß auf und trinkt die Dose in einem Zug leer. Die Stimme des Platzsprechers dröhnt auf einmal in Seppeis Ohren, als säße der Sprecher direkt in Seppeis Kopf, und beim besten Willen kann er nicht ein einziges Wort verstehen. Seppei schaut zum Zielhang hinauf und sieht einen Rennläufer über die Kante herausspringen. Ein Stück über ihm fliegt der Hubschrauber des ORF, ein Kameramann sitzt angeschnallt in der offenen Tür und filmt den Rennläufer. »An Hubschrauber müßt i habn!«

murmelt Seppei und bestellt noch ein Bier. Er bekommt es, zahlt, reißt den Verschluß auf, das Bier zischt heraus und spritzt auf einen dicken Pelzmantel neben ihm. »Sind Sie verrückt?!« fragt der Träger des Pelzmantels empört. Es ist ein Deutscher mit Tiroler Hütl und riesiger Sonnenbrille, das Gesicht tiefbraungebrannt. »'tschuldigung«, murmelt Seppei. »Da gibt es keine Entschuldigung!« schimpft der deutsche Gast. »Wissen Sie, was das ist? Das ist ein Zobelpelz! Der kostet so viel, wie Sie in einem Jahr verdienen!« Seppei weiß nicht, was er darauf antworten soll, also schüttet er die ganze Dose Bier über den Pelzmantel des Herrn. Dieser schaut fassungslos und ist vor Verblüffung keiner Gegenwehr mächtig. Der Würschtelstandbesitzer grinst hinter seiner Budel, Seppei nimmt seine Tafel und geht langsam davon. Als der Herr mit dem Pelz ihm nachrennt und ihn aufhalten will, erhebt Seppei drohend die Tafel, worauf der Herr sich schimpfend zurückzieht. Seppei stapft langsam den steilen Hang hinauf, rutscht dabei immer wieder im Schnee aus und fällt hin. Er hält nach seinen beiden Freunden Ausschau, aber ohne Erfolg. Am Beginn des Zielhanges, wo an einer Stelle nur wenige Zuschauer stehen, weil sie etwas unübersichtlich ist, geht Seppei zum Lattenzaun, setzt sich im Schnee nieder und schaut durch die Latten auf die Piste.

Nach wenigen Augenblicken aber fallen ihm die Augen zu, und er schläft ein. Plötzlich wacht Seppei auf, weil ihn jemand an der Schulter rüttelt und ruft: »Geh, komm, steh auf! Du kannst doch da nit schlafen, du derfrierst ja!« Seppei öffnet die Augen und erblickt einen Präsenzdiener mit einer Eisenstange in der Hand. »Na, komm, steh scho auf!« sagt der Soldat. Seppei schaut sich um. Es ist schon dämmrig geworden, die Zuschauer sind alle verschwunden, und Soldaten des Bundesheeres sind dabei, den Lattenzaun abzubauen. »Iss Rennen schon vorbei?« fragt Seppei. »Na, freilich!« antwortet der Präsenzdiener. Seppei steht schwankend auf, der Soldat hilft ihm dabei. »Und?« fragt Seppei. »Hotas g'macht, der Harti?« »Den Weirather meinst?« Seppei nickt. »Der is Zweiter!« sagt der Soldat. »Ken Read heißt der Sieger!« »Was, der Kanadier? Himmelherrgottsakrament!« Seppei greift nach seinem Schild, läßt es dann aber wieder fallen, nickt dem Soldaten zu und stolpert den Hang hinunter. In den Füßen ist ihm fürchterlich kalt und Halsweh hat er und schlecht ist ihm wie schon lange nicht. Oberhalb des Zielraumes, wo die elektronische Anzeigetafel steht, hält Seppei an und liest das Ergebnis.

1. READ KEN – CAN
2. WEIRATHER H – AUT
3. PLANK H – ITA
4. WENZEL A – LIC
5. IRWIN D – CAN

»Doch, doch«, murmelt Seppei, »hast es eh brav gmacht, Harti! Platz zwei is ja ganz guat! Und nächstes Jahr schlagst auch die Kanadier!«

Aus der Nähe, vom »Red Bull Restaurant« her, hört Seppei Klatschen und Bravo-Rufe. Dort feiern jetzt die Sieger. Aber Seppei hat beim besten Willen keine Lust mehr zum Feiern. Er knöpft sich die Jacke zu, schlägt den Kragen hoch, zieht die Mütze mit dem Kneissl-Stern tief in die Stirn und stapft Richtung Bahnhof, wo er den nächsten Zug besteigt, der ihn nach Hause bringt.

Der Sprachtest

Computer IHRE IDENTITÄTSNUMMER.

Bauer Wos?

Computer IHRE IDENTITÄTSNUMMER.

Bauer I bin koa Numma nit! Sepp Schipflinger hoaß i!

Computer NICHT VERSTANDEN. SPRECHEN SIE DEUTSCH.

Bauer Wos? Deutsch soll i sprechn? Wos soll denn des hoaßn? I red jo Deutsch! Bist terrisch, oda wos?

Computer NICHT VERSTANDEN. SPRECHEN SIE DEUTSCH. IHRE IDENTITÄTSNUMMER.

Bauer Des pockst nit! Der Trottl vasteht mi nit! Jo, wos glaubstn, wos i red? Chinesisch, oda wos?

Computer NICHT VERSTANDEN. SPRECHEN SIE DEUTSCH. SIE ERHALTEN EINEN STROM-STOSS.

Bauer Wos? Brr! Wos soll denn des? Spinnst du?

Computer IHRE IDENTITÄTSNUMMER.

Bauer Bist du nit recht bei Trost, sog amol?! Setzt mi der unta Strom!

Computer IHRE IDENTITÄTSNUMMER.

Bauer Loß mi amol in Ruah mit deina deppatn Numma! I woaß sie nit! Sepp Schipflinger hoaß i!

Computer NICHT VERSTANDEN. SPRECHEN SIE DEUTSCH. IHRE IDENTITÄTSNUMMER. SIE ERHALTEN EINEN STROMSTOSS.

Bauer	Scho wieda?! Brrr!
Computer	IHRE IDENTITÄTSNUMMER.
Bauer	Mei, gehst du mir aufn Wecka! Ich weiß sie nicht, die Identitätsnummer! Verstehst mi?
Computer	IDENTITÄTSNUMMER STEHT AUF IHRER AUSWEISKARTE.
Bauer	Auf da Ausweiskortn? Mein Gott, wos woaß i, wo i de hob?! I brauch koa Ausweiskortn!
Computer	NICHT VERSTANDEN. SPRECHEN SIE DEUTSCH. IHRE IDENTITÄTSNUMMER. SIE ERHALTEN EINEN STROMSTOSS.
Bauer	Brrr! Glaubst, des mocht mir wos aus, du Depp?! Auf mein Hof komm i dauernd in die Liachtleitungen. Bin i scho gwohnt! Do muaßt wos zualegn, daß' mi ordentlich reißt!
Computer	KOMMUNIKATIONSDIFFERENZEN. STÖRUNG.
Bauer:	Wos?
Computer	KOMMUNIKATIONSDIFFERENZEN. STÖRUNG.
Bauer	Wos is los?
Computer	STÖRUNG SELBSTTÄTIG BEHOBEN. IHR NAME.
Bauer	Jo, Herrschoftsseitn, den hob i da eh scho zwoamol gsogt! Sepp Schipflinger hoaß i!
Computer	NICHT VERSTANDEN. SPRECHEN SIE DEUTSCH. IHR NAME.
Bauer	Fix eini! Sepp Schipflinger! Wia oft denn no?!
Computer	NICHT VERSTANDEN. SPRECHEN SIE DEUTSCH. IHR NAME. SIE ERHALTEN EINEN STROMSTOSS.
Bauer	Brrr! Du, moch mi nit narrisch! Zum letztn Mol: Sepp Schipflinger! Host mi? Josef Schipflinger!

Computer	JOSEF SCHIPFLINGER.
Bauer	No, endlich! Des braucht wos! Dir hobn a scho die Mäus a poor Kabl ongfressn, wos?
Computer	NICHT VERSTANDEN. SIE WISSEN, WARUM SIE HIER SIND.
Bauer	Nix woaß i! A Sauerei is des! Holn mi mittn aus da Orbeit weg! Mit da Polizei a no! Und bindn mi auf den Stuahl do und legn Kabl um mei Hirnkastl! A Sauerei is des, a bodnlose!
Computer	NICHT VERSTANDEN. SIE SIND HIER, UM SICH EINEM SPRACHTEST ZU UNTERZIEHEN. WARUM BESUCHEN SIE NICHT DEN VORGESCHRIEBENEN SPRACHKURS IN IHREM ORT.
Bauer	Sprachkurs? I brauch koan Sprachkurs! I konn eh redn!
Computer	NICHT VERSTANDEN.
Bauer	Nocha muaßt holt an Sprachkurs besuachn!
Computer	NICHT VERSTANDEN. SPRECHEN SIE DEUTSCH. SIE ERHALTEN EINEN STROMSTOSS.
Bauer	Brrr! Du konnst mi kreuzweis!
Computer	NICHT VERSTANDEN. DIE REGIERUNG HAT MIT BEGINN DES JAHRES GESETZLICH DIE EINFÜHRUNG DER DEUTSCHEN EINHEITSSPRACHE BESCHLOSSEN. DIALEKT, MUNDART, UMGANGSSPRACHE, SLANG SIND VERBOTEN.
Bauer	Jo, und? Des is ma Wurscht! I red, wia ma's Maul gwochsn is! Glaubst, i red noch da Schrift, weil a poor Großkopferte des so wolln? I loß mir mei Sproch nit verbietn! Wo samma denn! Soll i mit meine Küah Hochdeutsch redn?

Computer	NICHT VERSTANDEN. SPRECHEN SIE DEUTSCH. SIE ERHALTEN EINEN STROM- STOSS.
Bauer	Brrr! Du, Mandl, jetzt reichts ma bold! I zerleg di in deine Einzelteile, wennst nit aufhörst mit dem Schmorrn! Mir is die Zeit schod für so an Blödsinn! Dahoam wortet die Orbeit auf mi!
Computer	NICHT VERSTANDEN. WIEDERHOLEN SIE DAS WORT DIVERSIFIKATIONSQUO- TIENT.
Bauer	Wos soll i?
Computer	WIEDERHOLEN SIE DAS WORT DIVERSIFI- KATIONSQUOTIENT.
Bauer	Warum denn?
Computer	DAS IST EIN SPRACHTEST. WIEDERHOLEN SIE DAS WORT DIVERSIFIKATIONSQUO- TIENT.
Bauer	Oachkatzlschwoaf!
Computer	NICHT VERSTANDEN.
Bauer	Oachkatzlschwoaf!
Computer	NICHT VERSTANDEN. WIEDERHOLEN SIE DAS WORT DIVERSIFIKATIONSQUOTIENT.
Bauer	Blunzn!
Computer	NICHT VERSTANDEN.
Bauer	Grammln!
Computer	NICHT VERSTANDEN.
Bauer	Kuttln!
Computer	NICHT VERSTANDEN. SIE ERHALTEN EINEN STROMSTOSS.
Bauer	Brrr! Plentn!
Computer	NICHT VERSTANDEN. WIEDERHOLEN SIE DAS WORT DIVERSIFIKATIONSQUO- TIENT.

Bauer	Du flachshoorats Dirndl, i hob di so gern, i möcht wegn deine Flachshoor a Spinnradl wern!
Computer	NICHT VERSTANDEN. SIE ERHALTEN EINEN STROMSTOSS.
Bauer	Brrr! Mei Dirndl hoaßt Nandl, hot schneeweiße Zahndl, hot schneeweiße Knia, oba gsechn hob i's nia!
Computer	SIE ERHALTEN EINEN STROMSTOSS.
Bauer	Brrr! Annamirl, Zuckerschnürl, geh mit mir in Keller, um a Weindl, um a Bierl, um an Muskateller!
Computer	SIE ERHALTEN EINEN STROMSTOSS.
Bauer	Brrr! Kloan bin i gwochsn, groß mog i nit wern, mei Muatta hot mi züglt aus an Hoslnußkern!
Computer	SYSTEMFEHLER.
Bauer	Wos?
Computer	SYSTEMFEHLER.
Bauer	Wos is los?
Computer	SYSTEMFEHLER.
Bauer	Wer? Wo?
Computer	SYSTEMFEHLER.
Bauer	Ah, so is des?! Is a Radl locker worn bei dir, ha?
Computer	SYSTEMFEHLER.
Bauer	Nojo, i sogs jo imma, des neumodische Maschinenzeug is nix wert! Hebt nix aus! Olles a Glump!
Computer	SYSTEMFEHLER.
Bauer	Jo, nocha! Donn bin i dahin! Zagg! Die Gurtn sein a nix wert! Host es gsechn? A bißl druckn und scho zrissn seins! Schlechts Material! Sollst amol mei Zaumzeug sechn! Des hebt hundert Johr!

134

Computer	SYSTEMFEHLER.
Bauer	Diversifikationsquotient! Damitst an Trost host!
Computer	SYSTEMFEHLER.
Bauer	Genau! Pfiat Gott, Maschindl!

Frankenstein oder Tirol 1984
Brief eines deutschen Urlaubsgastes
an die Tiroler Landesregierung

Sehr geehrte Herren!

Zu Beginn dieses Briefes möchte ich eine Warnung aussprechen. Versuchen Sie nicht, meinen Aufenthaltsort ausfindig zu machen, es gelingt Ihnen doch nicht. Und wenn Sie noch so viele Häscher auf mich hetzen! Außerdem habe ich mit einem Anwalt abgemacht, daß ich mich jeden Tag mit einem anderen Kennwort telefonisch bei ihm melde. Sollte er einmal zwei Tage nichts von mir hören, wird er einen versiegelten Brief, der sich in seinem Safe befindet, der Polizei übergeben. Was in diesem Brief steht, können Sie sich ja denken! Ich gehe sicher recht in der Annahme, daß Sie der Urheber, zumindest aber Mitwisser der ungeheuerlichen Dinge sind, die in Ihrem Lande vorgehen. Ich kann Ihnen versichern, daß Sie die ganze Angelegenheit teuer zu stehen kommen wird, sehr geehrte Herren! Doch davon am Ende des Briefes. Zuvor möchte ich die Ereignisse rekapitulieren, obwohl ich sicher bin, daß Sie bereits bestens informiert sind.

Auf die unselige Idee, heuer unseren Sommerurlaub in Tirol zu verbringen, ist mein Mann Theo gekommen. Bis letztes Jahr hatten wir den Urlaub immer an der Adria verbracht. Als ich mir aber zweimal hintereinander die Cholera holte, und meinem Mann, der es nicht lassen konnte, ins Wasser zu gehen, mehrmals der Magen ausgepumpt werden mußte, weil er etwas Meerwasser geschluckt hatte, da schlug mein Mann vor, es einmal mit Tirol zu versuchen. Er sagte, er habe gehört, da gebe es noch frische Luft und viele Bäume und Bäche, in die man die Füße hängen könne, ohne daß sie einem sofort abfallen. Auch echte Kühe solle es da noch geben, deren Euter voll von natürlicher, nichtsynthetischer Milch seien.

Wir buchten also im Jänner für Juli einen 14-Tage-Urlaub in Lahnenberg. Gleichzeitig kaufte mein Mann um sündteures Geld eine befristete »Deutsch-österreichische Straßenbenützungskarte«, weil er meinte, er wolle wenigstens einmal im Jahr den Wagen benützen. Mitte Juni fuhren wir in Frankfurt weg und trafen nach fürchterlichen Strapazen am 1. Juli gegen Abend in Lahnenberg ein. Im »Holiday Inn« sanken wir sofort erschöpft in unsere Betten. Wir standen am nächsten Tag erst gegen Mittag auf, fuhren in den Speisesaal hinunter und verlangten ein Frühstück. »Ahdoschauher!« sagte der Kellner, ein großer, starker Bursche mit Vollbart und breitem Trachtenhut. »Ahdoschauher! A Fruahstuck wollts es? Wos? Ha? Jo, liabe Leit, do seids a bißl z'spat dron!« Nun gut, bestellten wir eben ein Mittagessen. Kasseler Rippchen mit Tunke und Pommes frites. Nach dem Essen beschlossen wir, uns die Umgebung zu betrachten und wanderten gegen Westen. Als wir zwischen den Hochhäusern heraustraten und auf freies Gelände kamen, zeigte sich die unberührte Natur in ihrer ganzen Schönheit. Manchmal drang sogar die Sonne durch den Dunst. Es gab tatsächlich richtige Bäume und Gras, und auch zwei Kühe mit prallen Eutern trafen wir. Wir wagten uns aber nicht in ihre Nähe, weil sie so wild aussahen. So groß! Nie hätte ich gedacht, daß Kühe so groß sind. Plötzlich fiel eine der beiden Kühe um und in ihrem Bauch – so vermeinten wir zu hören – klirrte es wie von Metall. Wir gingen weiter und trafen einen einheimischen Burschen im Trachtenanzug, den wir fragten, ob es denn hier irgendwo einen Bach mit fließendem Wasser gebe. Der Einheimische strich sich über den prächtigen Vollbart und sagte: »Ahdoschauher, zu an Boch wollts es? Freilich homma an Boch, freilich!« Und er wies uns mit weitausgreifenden Bewegungen und unter polterndem Lachen den Weg. Nach zwei Stunden, nachdem wir schon etliche ausgetrocknete Bachläufe überquert hatten, hörten wir plötzlich das herrliche Plätschern von Wasser. Zwar war es nur ein kleines Rinnsal, das sich da mitten im Bachbett dahinschlängelte, aber es war wirklich frisches, klares, durchsichtiges Wasser. Theo beugte sich hinunter und kostete. »Hervorragend, ganz hervorragend!« sagte er. »Schmeckt zwar etwas nach Chlor, aber sonst ganz ausgezeichnet. Viel besser als das Wasser, das wir zu Hause im Supermarkt bekommen!« Auch ich erquickte mich an dem kühlen Naß und befeuchtete meine Schläfen. Auf dem Heimweg fanden wir einen wunderschönen toten Vogel mit grüngelben Federn. Theo nahm ihn mit, weil wir schon seit Jahren keinen Vogel mehr gesehen hatten. Wir beschlossen, ihn ausstopfen zu lassen.

Am Abend stand Folklore auf dem Programm. Burschen mit Vollbärten und kräftigen braungebrannten Beinen und dralle Mädchen in kurzen bunten Röcken bewegten sich auf dem Podium zu einer seltsamen Musik in einem seltsamen Rhythmus. Auch zersägte und zerhackte man in diesem Rhythmus echte Holzstücke. Sie, sehr geehrte Herren, kennen das ja sicher alles. Ich beschreibe Ihnen das nur so genau, um unsere allgemeine Stimmung wiederzugeben und damit Sie sich vorstellen können, wie bestürzend, wie schockierend die späteren Ereignisse auf mich wirkten. Es war alles so schön, so heiter, so natürlich. Wenigstens schien es so. Wir waren richtig glücklich, seit langem wieder einmal glücklich, entspannt und heiter. Wir tranken viel Wein, wir sangen und lachten und ließen uns von den Einheimischen zum Tanze führen. Mir gefielen alle diese Burschen ausnehmend gut. Sie schwenkten mich mit atemberaubender Geschwindigkeit im Kreise, zeigten ihre blitzenden Zähne, funkelten mich aus ihren blauen und braunen Augen an. Einer gefiel mir ganz besonders. Er war so um die zwanzig, von äußerst kräftigem Körperbau, und sein Bart war blond und flaumig und schmiegte sich weich an meine erhitzte Wange. Nach langer Zeit begann sich in mir wieder so etwas wie ein erotisches Gefühl zu regen, schmolz der Eisblock in meinem Inneren. Theo war ja auch schon – wie alle Männer in seinem Alter – seit Jahren impotent. Als mich der Bursche aufforderte, mit ihm ins Freie hinauszukommen, folgte ich ihm willig. Er zog mich in einen echten Holzschuppen, der in der Nähe des Hotels aufgebaut war, warf mich auf einen Haufen echten gedörrten Grases und begann, sich an mir zu vergehen. Auch ich verging. Vor Wonne! Ich gesteh's. Auf einmal hörte ich ein dumpfes Krachen dicht vor mir. Ich öffnete die Augen und sah, daß eine Axt tief im Kopf des Burschen steckte. Ich schrie auf, stieß ihn von mir herunter und erblickte meinen Mann Theo, der schwankend dastand und mich mit weitaufgerissenen Augen anstierte. Aufspringend rief ich: »Theo, Theo, was hast du getan?!« Theo schlug die Hände vors Gesicht, und ein Schluchzen schüttelte ihn. Ich riß ihm die Hände weg und schrie ihn an: »Warum hast du das getan, Theo? Warum?« »Verzeih mir!« schluchzte er, »verzeih mir! Ich war so wütend. Eines der Mädchen wollte mit mir schlafen, aber ich konnte nicht! Es ging nicht, es ging einfach nicht! Und dann habe ich dich gesucht. Und sehe dich. Und was du tust! Und sehe, wie es dir guttut! Da habe ich durchgedreht. Verzeih mir, Lotte, bitte verzeih mir!« »Naja, schon gut«, sagte ich. »Aber was sollen wir jetzt tun?« »Wir müssen ihn wegschaffen«, sagte Theo. »Wegschaffen und vergraben! Es hat noch niemand was bemerkt.« Wir schleppten also den Burschen um den Schuppen herum hinter ein paar Büsche, und Theo wollte beginnen, mit der Schaufel, die er im Schuppen neben anderen Originalwerkzeugen gefunden hatte, ein Loch zu graben. Er stach mit der Schaufel in den Grasboden, aber er kam nicht durch. Er keuchte und stieß und stieg mit beiden Füßen auf die Schaufel, aber es gelang ihm nicht, in den Boden einzudringen. Theo fluchte und schwitzte, warf die Schaufel weg, grub seine Finger in den Rasen und zog. Plötzlich gab es ein Geräusch wie von zerreißendem Stoff, und Theo hatte eine ganze Grasmatte von einigen Quadratmetern aus dem Boden gerissen. Unterhalb des Grases war keine Erde, sondern nur Sand und Schotter. An der Unterseite der Grasmatte stand mehrmals in Großbuchstaben zu lesen: MADE IN JAPAN. »Das darf doch nicht wahr sein!« sagte Theo. »Das ist Kunststoff! Alles Kunststoff! Gras aus Kunststoff!« Er riß noch einige Quadratmeter vom Boden weg. Es ging jetzt ganz leicht. »Diese Schweine!« schimpfte Theo. »Und im Prospekt steht, hier gibt es echtes Gras! Nicht zu fassen!« »Laß gut sein, Theo!« sagte ich. »Wir müssen den Burschen eingraben! Aber nimm die Axt aus seinem Kopf, sie steht so weit weg!« Theo zog kräftig an der Axt, und sie löste sich mit einem metallischen Knirschen. Und klirrend fielen mehrere Metall- und Kunststoffteile aus dem Kopf heraus! Das Gehirn des bärtigen Burschen, sehr geehrte Herren, bestand aus einem durchsichtigen Kunststoffbehälter, in dem sich verschiedene Metallteile und farbige Drähte befanden! An einem der herausgefallenen Metallteile, sehr geehrte Herren, klebte eine Aluminiumfolie! Ich löste die Folie, und darauf, sehr geehrte Herren, war folgendes eingestanzt: IBM & Walt

Disney Productions – Tm. Reg. US Pat. Off. – World rights reserved. Theo war vor Überraschung keines Wortes fähig, griff dann plötzlich ins Gebüsch, brach einen Zweig ab, betrachtete ihn, schüttelte den Kopf, nahm sein Feuerzeug heraus und hielt die Flamme unter den Zweig. Dieser verbog sich langsam und begann dann schaumig zu schmelzen. »Komm«, sagte Theo, »weg hier! Wir hauen ab! Wir hauen ab aus diesem Horrorland!« Wir rannten auf unser Zimmer und packten die Koffer ein. Als Theo der tote Vogel in die Hände fiel, nahm er sein Taschenmesser und schnitt den Körper auf. Und siehe: auch das Innere des Vogels bestand aus Kunststoff, Draht und Metall.

»Komm«, sagte Theo, »laß uns verschwinden, bevor sie merken, daß wir im Bilde sind!« Plötzlich wurde die Tür aufgerissen und drei dieser bärtigen Burschen traten herein. »Ahdoschauher!« rief einer lachend. »Jo, es werds do no nit schloffn gehn wolln!! Ha? Wos? Nix iss! Mitkemmen miaßts! Weitagsoffn wird! Und weitatonzt!« Es blieb uns nichts anderes übrig. Man zerrte uns förmlich mit Gewalt in den Tanzsaal hinunter, schenkte uns Wein ein, wir mußten trinken – und dann wurde mir schwarz vor den Augen, sehr geehrte Herren! Als ich erwachte, lag ich angeschnallt auf einem Operationstisch. Ich drehte den Kopf und sah, wie zwei bärtige Männer in weißen Mänteln an einem anderen Tisch eben den Brustkorb meines Mannes Theo aufschnitten! Den Brustkorb meines Theo, sehr geehrte Herren! Das soll Sie teuer zu stehen kommen! Das verspreche ich Ihnen! Ich war so entsetzt, daß ich sofort wieder in Ohnmacht fiel. Dann drangen Stimmen zu mir. Ich hielt die Augen geschlossen und horchte. Horchte genau, sehr geehrte Herren!

Dialog wie folgt.

1. Stimme: »So, den hätt ma! I moan, mia lossn eam liegn, bis morgn in da Fruah, der schlofft eh guat.«

2. Stimme: »Und wos tamma mit da Frau?«

1. Stimme: »De moch ma morgn. Heit mog i nimma. Mia tuat scho's Kreiz weh!«

2. Stimme: »Guat, moch mas morgn. Heit homma eh scho siebzehn montiert. Dia zwoa Bergbauern, dia wos sie vom Paznauna Friedhof aussa hom, sein jo scho nimma guat beinonda gwesn, wos? Des wor a Heidnorbeit!«

1. Stimme: »Dia worn grauslich beinond, jo. No amol moch i des nimma mit! Länga wia vierzehn Tog sollns scho nit unta da Erdn liegn!«

2. Stimme: »Des moan i a! Des komma jo koan zuamuatn! Owa jetzt sein dia zwoa jo wieda wia nei, wos?«

1. Stimme: »Jo, weil mir solchene Spezialistn sein! Umsonst homma jo nit den longen Kurs in Nujork bsuacht! Owa liawa sein ma decht de Jungen, de Frischn, dia wos ois a Lewentiga daherbringen!«

2. Stimme: »Des sowieso! Owa ma braucht holt Olte a. Dia schaun so malerisch aus in da Londschoft.«

1. Stimme: »Des scho, jo. Owa mit a bißl a Organisation dawischt ma dia Lewentiga a. Wenns zum Dokta gehn, oder so. Nocha iss feiner. Weils nit so stinkt.«

2. Stimme: »Des sowieso. – Du, des wor übrigens da Zwoahundertfümfazwanzgtausendste!«

1. Stimme: »Ahso? Jo?«

2. Stimme: »Jo, freilich, schau auf de Listn!«

1. Stimme: »Ahdoschauher! Totsächlich! Des is jo a Grund zum Feiern! Geh weida, trink ma no a Holbe, a zwoa a drei! Morgn homma außa da Deitschn eh nur zehn Küah.«

Dieser Dialog, sehr geehrte Herren, ist protokolliert!

Als die beiden Männer den Raum verlassen hatten, öffnete ich die Augen, wandte den Kopf und sah zu Theo hinüber. Aber was erblickte ich, sehr geehrte Herren, was erblickte ich? Ein völlig fremder Mann lag da! Ein Mann mit Vollbart und braungebrannter, windgegerbter Haut, sehr geehrte Herren! Dieser Mann trug einen dicken Kopferverband und sein mit groben Stichen zugenähter Brustkorb hob und senkte sich regelmäßig. Natürlich, sehr geehrte Herren, wußte ich nur zu genau, daß dieser fremde Vollbärtige niemand anderer als mein Mann Theo sein konnte! »Theo!« flüsterte ich. »Theo! Theo!« Er reagierte nicht. Ich schrie nun fast: »Theo, Theo, wach auf!« Da öffnete er die Augen, blinzelte, richtete sich auf, gähnte, strich sich über seinen Vollbart, erblickte mich auf einmal und sagte: »Ahdoschauher! Schauschau! Wer is denn des? Ha? Wos?« »Theo, erkennst du mich denn nicht?« schluchzte ich. »Theo! Ich bin's! Ich, deine Lotte!« Theo zwinkerte mich an: »Ahdoschauher! Die Lotte! Wos? Bist eppa amend a Deitsche, wos? Ha? I bin da Sepp Numbero zwoahundertfümfazwanzgtausend ... äh ... Wia kimm i denn jetzt auf des? No, jedenfolls da Sepp! Skilehra, Schuhplattla, Jodla, Bergbaua! Jo, des bin i. Gfoll i da, Lotte, ha? Wos? Do laßat si nocha scho wos mochn! Hahah! Wos?« Es war gespenstisch! Theo hatte seine Persönlichkeit verloren. Dafür tragen Sie die Verantwortung, sehr geehrte Herren! Davon bin ich überzeugt! Und dafür werden Sie bezahlen müssen! Teuer bezahlen! Doch ich will fortfahren mit meinem Bericht. Ich wußte nun, Theo war nicht mehr zu retten. Er war für mich verloren, umprogrammiert, nur noch als Tiroler Naturbursche zu gebrauchen. Und morgen würde dasselbe mit mir geschehen! Und ich würde als künstliches Geschöpf in einer künstlichen Landschaft mein weiteres Leben fristen. Wenn man unter solchen Voraussetzungen überhaupt noch von Leben sprechen kann. Ich mußte auf Flucht sinnen. Ich sah, daß Theo nicht mehr angeschnallt war, und es kam mir eine Idee. »Ja, Sepp, Sie gefallen mir!« sagte ich listig. »No, siegst es!« lachte Theo. »Insan gebirglerischn Scharm kennts es deitschn Weiwa holt nit wiedastehn, wos? Ha? Deswegn kemmts a eina zu ins! Wos? Ha?« »Komm zu mir, Sepp!« flüsterte ich. »Komm, komm! Ich sehne mich in deine starken Arme!« Theo lachte: »Ahso, hahaha, sehnen a no, wos? Ha? Ahdoschauher! Jo nocha! Nocha wer i holt ummikraxln zu dir, wos? Ha?« Und Theo erhob sich und kam zu mir her. Er schaute sich um. »Mir scheint, mir sein im Spitol«, sagte er. »Jodoschauher! Wieso denn des?« Erst jetzt fiel ihm die lange Narbe an seiner Brust auf. »Ahdoschauher! How i eppa amend an Unfall kobt, wos? Ha?« »Komm!« flüsterte ich. »Komm endlich, Sepp! Ich halt es nicht mehr aus!« »Ahso, jo, freilich!« lachte Theo, zog mein Leintuch zurück und sah, daß ich darunter nackt war. »Hahaha, ahdoschauher! Ah, des is praktisch! – Jo, wos is denn des? Festbuntn a no? Wos? Ha? Bist eppa amend a Narrische, wos? Ha?« »Nein, nein, bin ich nicht! Hab keine Angst, Sepp!« antwortete ich. »Ahwos, Ongst! A Tirola kennt koa Ongst nit! Des wer ma glei hobn!« Er beugte sich über mich und löste meine Armfesseln. Da griff ich mit beiden Händen in seine frische Brustnarbe, riß die Naht mit einem Ruck auf und riß den Apparat samt einem Wust von Drähten aus seinem Körper. Theo wankte, fiel zu Boden, stöhnte noch: »Ahdoschauher, ahdo...« und war außer Betrieb. Ich löste die Fußgurten, sprang vom Tisch, lief zur Tür hinaus, lief durch endlose, menschenleere Gänge, hörte plötzlich Stimmen aus einem hellerleuchteten Saal. Leise näherte ich mich der Glastür und schaute hinein. Auf einem Operationstisch lag – anscheinend narkotisiert – ein breiter, massiger Mann, und ein Weißbemäntelter mit Skalpell in der behandschuhten Hand sagte eben zum anderen: »Dia Üwastundn gehn ma schen longsom aufn Wecka! I sieg nit ein, wieso mia den Walli* unbedingt no heit in da Nocht montieren miassn!«

Der Zweite: »Glabst, mia mochts a Freid? Owa es nutzt nix! Morgn is de Eröffnung vom neichn Kernkroftwerk. Do muaßa dabei sein!« Erster: »I versteh nur nit, warum ausgerechnet der Walli so reparaturonfällig is! Der hot doch dauernd wos!«

Zweiter: »Jo, weilsn beim erstn Mol so schleißig montiert hom! Daron liegts! Er wor jo oana der erstn, der montiert worn is. Do homma no zwenig Erfohrung kobt. Desholb brennt eam öfta a Relais durch. Mia miaßn holt amol a Generalüberholung mochn. De gonzn Scholtsätze austauschn, am bestn.«

Sie sehen, auch darüber bin ich informiert, sehr geehrte Herren! Ich weiß genau, wer dieser »Walli« ist! Nun, ich schlich wieder weiter, schlich an schlafenden bärtigen Wachen vorbei und entkam durch den Heizungskeller und durch die Wäscherei ins Freie. Wie ich bald bemerkte, befand ich mich in Innsbruck. Durch List und Tücke und trotz meiner auffälligen Kleidung – ich hatte in der Wäscherei einen blutbefleckten Arztmantel angezogen – gelang mir schließlich auf Umwegen die Flucht nach Deutschland.

Und nun zum Geschäft, sehr geehrte Herren! Ich verlange zwanzig Millionen Mark! Verstanden? Andernfalls die Weltöffentlichkeit durch die Presse erfährt, welch gigantische Schwindelaktionen, welch verbrecherische Machenschaften in Tirol getätigt werden. Wenn

* Spitzname des Tiroler Landeshauptmannes Eduard Wallnöfer.

145

Sie auf meine Forderung eingehen – was ich sehr für Sie hoffe –, dann geben Sie in der »Frankfurter Allgemeinen Zeitung« unter »Allfälliges« folgendes Inserat auf: »Tante Lotte, melde dich, wir sind dir nicht mehr böse.« Die weitere Abwicklung des Geschäftes erfahren Sie dann in Bälde. Das wär's.

Hochachtungsvoll Lotte Schroeder

Die fürchterliche Sage
vom Kitzbüheler Streif-Gespenst

Es war einmal vor langer Zeit ein sehr berühmter Schneeschuhrennläufer. Dieser Schneeschuhrennläufer gewann sämtliche Schneeschuhrennen, die es überhaupt gab. Alle Menschen auf der Welt kannten und bewunderten ihn. Und die Fürsten des kleinen Landes, in dem der Schneeschuhrennläufer lebte, diese Fürsten überhäuften ihn förmlich mit Gold, mit edlen Rennpferden und verzierten, schnittigen Kutschen. Der Schultheiß seines Heimatdorfes schenkte ihm außerdem etliche Morgen Land, und der König verlieh ihm eine güldene Tapferkeitsmedaille, besetzt mit glitzernden Smaragden sowie auch Rubinen.

Auf diese Weise waren eigentlich alle sehr glücklich. Die Fürsten waren sehr glücklich, weil ihnen die Schneeschuhfabriken gehörten und sie unzählige Schneeschuhe verkauften. Und der Schultheiß war glücklich, weil viele Reisende in das Heimatdorf des berühmten Schneeschuhrennläufers kamen und dort manch schweren Taler hinterließen für Unterkunft, Speise und Trank und für die Benützung der vielen Bergsänften.

Auch der König war glücklich, weil der berühmte Schneeschuhrennläufer den Namen des kleinen Landes in aller Welt bekannt machte und daher fast niemand mehr das kleine Land mit Australien verwechselte. Und auch der berühmte Schneeschuhrennläufer fühlte sich äußerst glücklich, weil er so berühmt und reich war. (Nicht so reich wie die Schneeschuhfürsten, aber immerhin.)

Nun gab es aber für Schneeschuhrennläufer ein Gesetz, das besagte, der Schneeschuhrennläufer dürfe nicht vom Schneeschuhrennlaufen allein leben, sondern müsse nebenher einem Beruf nachgehen. Man nannte das den Amateurstatus. Diesen Amateurstatus erfüllte unser berühmter Schneeschuhrennläufer natürlich nicht. Er konnte ja gar nicht nebenher arbeiten, sondern mußte fleißig üben, um auch weiterhin sämtliche Schneeschuhrennen zu gewinnen, die es überhaupt gab. Da selbstverständlich auch alle übrigen Schneeschuhrennläufer so handelten wie unser berühmter, machte er sich wegen dieser Gesetzesverletzung nicht allzu viele Sorgen.

Und doch: Fürchterlich war die Strafe, die unser berühmter Schneeschuhrennläufer erleiden sollte! Wie nun kam das, und welcher Art war die Strafe und wer verhängte sie?

Höret: Es gab damals eine mächtige Gestalt der Finsternis, genannt Olympischer Geist. Dieser Olympische Geist war es, der unseren berühmten Schneeschuhrennläufer auf fürchterliche Weise bestrafte. Unser berühmter Schneeschuhrennläufer hatte ihn besonders gereizt; denn zeit seines Lebens führte er spöttische Reden über den Olympischen Geist und forderte damit dessen grenzenlosen Zorn heraus, mehr als alle anderen.

Als der berühmte Schneeschuhrennläufer nun alt ward und noch viel älter, da starb er schließlich. Nun sah der schreckliche Olympische Geist endlich die Stunde der Rache gekommen. Mit fürchterlicher Stimme rief er dem eben zu den Wolken aufstrebenden berühmten Schneeschuhrennläufer zu: »Ich, der schreckliche Olympische Greis, äh, Geist, ich verurteile dich hiemit nach Paragraph 7, Absatz 1, litera b der olympischen Regeln, bis in alle Ewigkeit Schneeschuh zu laufen!«

An sich wäre diese Strafe gar nicht so schlimm gewesen, ist doch das Schneeschuhlaufen für Schneeschuhläufer wahrlich ein himmlisches Vergnügen, es gibt wohl kaum ein himmlischeres. Nun war aber unser berühmter Schneeschuhrennläufer – wie gesagt – schon sehr alt, als er starb, und daher sehr klapprig und schwach auf den Beinen. So kann man sich gut vorstellen, welche Anstrengung und Qual es für ihn bedeutete, Nacht für Nacht – und zwar von zwölf Uhr Mitternacht bis um drei Uhr früh – von der Streif in Kitzbühel herunterzuschießen. Er durfte ja keine Bögen machen, sondern mußte genauso fahren wie in seiner Jugendzeit, als er noch sämtliche Rennen gewonnen hatte, die es überhaupt gab. Ist es da ein Wunder, wenn er immer wieder fürchterlich stürzte und infolgedessen arge Schmerzen erdulden mußte?

Als unser berühmter Schneeschuhrennläufer das erste Mal von der Streif herunterraste und ob seiner zahlreichen Stürze ein weithin hörbares Wehklagen anstimmte, vermeinte man in Kitzbühel, es befinde sich einer in Not, und sogleich machte sich die wackere Bergrettung auf den Weg. Als die wackere Bergrettung zur Abfahrtsstrecke kam, sah sie plötzlich eine weiße Gestalt ganz lautlos und mit fürchterlicher Geschwindigkeit an sich vorbeirasen. Gleich darauf baute unser berühmter Schneeschuhrennläufer wieder einmal einen überaus kapitalen Sturz. Die wackere Bergrettung eilte hinzu und wollte ihm aufhelfen, doch zu ihrem Entsetzen griff sie ins Leere. Darob erschrak die wackere Bergrettung so sehr, daß sie von Stund an weiße Haare trug.

Die Nachricht über die Umtriebe des armen Gespenstes verbreitete sich in Windeseile. Mit Grausen lauschten nun die Kitzbüheler Bürger jede Nacht auf das Heulen und Zähneknirschen unseres berühmten Schneeschuhrennläufers. Nach einiger Zeit jedoch gewöhnte man sich an das nächtliche Wehklagen, und es erschien den Bürgern nicht mehr so aufregend. Es fiel ihnen nur auf, daß das arme Gespenst jedesmal verschwand, wenn sich das Frühjahr ankündigte und der Schnee auf der Streif zu schmelzen begann. Dann übersiedelte das Gespenst nämlich auf einen ihm vom Olympischen Geist zugewiesenen Gletscher in den Bergen. Dort verblieb es den ganzen Sommer und Herbst über. Hier war das Schneeschuhlaufen keine weniger schreckliche Qual, denn sehr häufig fiel das arme Gespenst in eine Gletscherspalte, von wo es sich nur mühsam wieder herausarbeiten konnte.

Nun geschah es eines Tages, daß ein Mägdelein in Chattanooga, USA, einen Fernsehbericht über das arme Gespenst sah. Da wurde das gute Mägdelein von übergroßem Mitleid erfaßt, bestieg sofort einen Aeroplan und reiste nach Kitzbühel, um zu versuchen, das arme Gespenst zu erlösen. Zur mitternächtlichen Stunde begab es sich mit bangem Herzen in den Zielraum der Streifabfahrt und wartete. Und bald brauste auch mit furchtbarer Geschwindigkeit unser berühmter Schneeschuhrennläufer daher. Das gute Mägdelein mußte all seinen Mut zusammennehmen, um nicht davonzulaufen. Denn noch nie zuvor war es einem Gespenst begegnet.

Wenige Meter vor dem Ziel stürzte das arme Gespenst, rappelte sich aber blitzschnell auf und fuhr fluchend weiter. Dicht vor dem erschrockenen Mägdelein bremste das arme Gespenst ab, erblickte das Mägdelein und fragte giftig: »Wos willschn?«

»Erlösen will ich dich, du armes Gespenst!« erwiderte das tapfere Mägdelein in gutem Deutsch, da es von deutschen Auswanderern abstammte.

Da begann das arme Gespenst heftig zu schluchzen, und zahlreiche Tränen strömten aus seinen Äuglein. »Derlösn willsch mi? Derlösn willsch mi?« fragte es ungemein bewegt und erschüttert.

»Ja, das will ich«, antwortete das tapfere Mägdelein. »Sag mir nur, was ich tun muß!«

»Mei, bisch du a guade Haut!« rief das arme Gespenst voll Rührung aus. »A söllene guade Haut! A söllans guads Heaschz! Woll, woll, du kanntescht mi schon derlösn, mei liabs Diandl! Des war gonz oanfoch!«

»Ja, wie denn, du armes Gespenst?« fragte nun das gute Mägdelein.

»Du brauchsch mir nur hunderttausend Tola bringen, donn bin i derlöst!« antwortete das arme Gespenst.

»Hunderttausend Taler!« rief erschrocken das gute Mägdelein. »Nie und nimmer ist das möglich! So viel besitze ich nicht, du armes Gespenst! Ich bin nur Zigarettenverkäuferin in einem Tanzklub. Meine ganzen Ersparnisse habe ich für das Flugticket ausgegeben. Und mein lieber Vater verdient auch nicht viel. Er ist Handlungsreisender in Bruchbändern, Knieschützern und Rheumabinden.

»Donn konsch mi nit derlösn, mei liabs Diandl«, seufzte das arme Gespenst, und wieder rannen Tränen, diesmal solche der Enttäuschung, aus den roten, überanstrengten Äuglein über sein faltiges Gesicht.

Da ward das gute Mägdelein von einem derart starken Mitleid erfaßt, daß es versprach, die hunderttausend Taler dennoch zu besorgen.

Gesagt, getan. Das gute Mägdelein reiste nach Nordamerika zurück und begann für das arme Gespenst zu sammeln. Zuerst hatte es wenig Glück, doch als das Fernsehen und die Zeitungen davon erfuhren, unterstützten diese das gute Mägdelein tatkräftig sowie uneigennützig. Die Amerikaner öffneten weit ihre mitleidigen Herzen und Geldbörsen und spendeten dergestalt eifrig, daß nach kaum drei Wochen die hunderttausend Taler beisammen waren.

Sogleich bestieg das gute Mägdelein wieder einen Aeroplan – mit ihr sieben Fernsehmannschaften sowie einhundertachtundzwanzig Zeitungsreporter – und reiste eilends zu unserem ehemals so berühmten Schneeschuh-rennläufer.

Gegen Mitternacht versammelten sich Tausende von Menschen an der Streif-Abfahrt, um der Erlösung des armen Gespenstes beizuwohnen. Als es dann Schlag zwölf aus dem Wald auftauchte, da brauste ein Jubel-schrei durch die Menge. Wohl lachten auch ein paar, als sie sahen, wie oft das arme Gespenst stürzte, doch diese Mitleidlosen waren sicher in der Minderheit. Das arme Gespenst war so mit Niederstürzen und Aufstehen beschäftigt, daß es auf die vielen Menschen bis ins Ziel gar nicht achtete. Als es aber dann von den unzähligen Scheinwerfern angeleuchtet und von den Fernsehkame-ras beäugt wurde, da warf es zuerst in alter Siegerge-wohnheit lachend die Arme hoch, erschrak in der Folge aber ganz furchtbar und wollte entfliehen.

Doch nun trat das gute Mägdelein aus der Menge hervor und sprach zum armen Gespenst: »Fürchte dich nicht, du armes Gespenst! Ich bin gekommen, dich zu erlösen! Hier, sieh!« Und auf einem silbernen Tablett hielt es dem armen Gespenst die hunderttausend Taler entgegen.

Da ging ein strahlendes Leuchten über das zerknit-terte Gesicht des armen Gespenstes. »Mani! Mani! Mani!« (»Geld! Geld! Geld!«) jubelte es auf und wollte nach dem Tablett greifen. Doch plötzlich zog es seine Hände wieder zurück, schlug sie vor das Antlitz und gab ein langgezogenes, fürchterliches Heulen von sich. Und wieder, wie von selbst, wie durch eine unbezwingbare Kraft, riß es ihm die Hände vom Gesicht, und die Finger streckten sich gierig nach den Talern aus. Bevor sie aber das Geld berührten, ließ sich das arme Gespenst zu Boden fallen und wälzte sich dortselbst in furchterregenden Zuckungen. Wie ein Stier brüllte es auf, und den Zuschauern rannen kalte Schauer über ihre Rücken. Man sah, wie das arme Gespenst einen grausamen Kampf gegen sich selbst ausfocht. Nach etwa einer Stunde hatte es den Kampf offensichtlich gewonnen, denn es erhob sich vom Boden, blickte dem guten Mägdelein fest in die Augen und sprach dann klar und deutlich: »Na, i nimm des Geld nit! Na, i nimm des Geld nit! Na, i nimm des Geld nit! I bin a Amatör! I bin a Amatör! I bin a Amatör! Na, i nimm des vafluachte Geld nit!«

Und siehe, ganz plötzlich gab es einen fürchterlichen Donnerknall, verbunden mit einer enormen Rauchentwicklung. Und als sich der Rauch verzogen hatte, da zeigte es sich, daß das arme Gespenst verschwunden war. Nur noch der schneeweiße Anzug lag auf dem Boden sowie auch die Schneeschuhe, die Schneehandschuhe und Helm und Brille und Stöcke.

»Es ist erlöst! Es ist erlöst! Es ist erlöst!« jubelte da das gute Mägdelein, und die Menschenmassen jubelten voll Begeisterung mit.

Nun war alles gut. Das arme Gespenst unseres ehemals so berühmten Schneeschuhrennläufers war erlöst, der Fernsehfilm über die Erlösung ein weltweiter Erfolg, und auch dem guten Mägdelein ward großes Glück zuteil. Es durfte nämlich die hunderttausend Taler behalten, baute sich damit eine schöne Pension in Kitzbühel und heiratete einen dort ansässigen Schneeschuhlehrer.

Und wenn die beiden noch nicht unter eine Lawine geraten sind, so laufen sie heute noch Schneeschuh.

Wie zwei sich nicht verstehen (wollen)
Eine Clown-Szene für Kinder

A Wo gehstn hin?

B Das geht dich nix an!

A das wär ja noch schöner! Ich will wissen, was du machst!

B Nix mach ich!

A Was heißt da nix?

B Nix heißt nix!

A Das weiß ich auch, was nix heißt!

B Was fragstn dann, was nix heißt?

A Weil nix keine Antwort ist, weil nix nix heißt!

B Was heißt da, nix heißt nix?? Und ob nix etwas heißt! Nix heißt eben nix!

A Mit dir kann man nix reden! Du gehst mir auf die Nerven!

B Na, dann weißt du jetzt wenigstens, wohin ich gehe.

A Nix weiß ich. Wohin gehstn?

B Wohin! Wohin! Hast es ja grad gesagt! Auf deine Nerven geh ich!

A Du treibst mich auf die Palme mit deinen blöden Redensarten!

B Na, dann weiß auch ich endlich, was du treibst.

A Was treib ich denn?

B Hast es ja grad gesagt. Du treibst dich auf Palmen herum! Beziehungsweise beschuldigst du mich, dich auf eine Palme zu treiben!

A Welche Palme denn? Wo gibts denn hier Palmen? Wer redet hier von Palmen?

B Du! Du redest von Palmen! Beziehungsweise von einer Palme. Auf die ich dich treiben soll.

A   Ach so! Das war doch nur so eine Redensart! Das darfst du doch nicht so wörtlich nehmen!

B   Das ist doch zum Aus-der-Haut-Fahren! Mit dir kann man einfach nicht normal reden!

A   Ja, dann fahr doch! Fahr doch, fahr doch!

B   Wohin denn?

A   Na, aus deiner Haut! Fahr doch aus deiner Haut! Das möcht ich mir ansehen!

B   Aber das war doch nur so eine Redensart! Das darfst du doch nicht so wörtlich nehmen!

A   Ich halt das nicht mehr aus! Was fürn Quatsch du redest! Du bringst mich zur Weißglut!

B   Na, dann glüh doch! Glüh doch! Glüh doch weiß! Das möchte ich sehen, wie du weiß glühst! Das mußt du mir mal vormachen! Los! Glüh! Los, los, fang schon an!

A   Aber geh! Das war doch nur so eine Redensart! Das darfst du doch nicht so wörtlich nehmen!

B   Das schlägt doch dem Faß den Boden aus! Mit dir kann man einfach nicht normal reden!

A   Das sagst du? Ausgerechnet du?? Du gibst überhaupt nur Unsinn von dir! Was redest du denn jetzt von einem Faß? Welches Faß denn? Wo ist hier ein Faß?? Und wer oder was schlägt ihm den Boden aus??

B   Du bist ganz schön blöd! Das war doch nur so eine Redensart! Das darfst du doch nicht so wörtlich nehmen!

A   Ach, rutsch mir doch den Buckel runter!

B   Bitte! Bitte! Gerne! Dreh dich um! Los, los, dreh dich um! Bück dich! Bücken sollst du dich, hörst du nicht?!

A   Wozu denn?

B   Damit ich dir den Buckel runterrutschen kann, natürlich!

A   Jetzt dreh ich aber bald durch! Das war doch nur so eine Redensart! Das darfst du doch nicht so wörtlich nehmen!

B   Was drehst du? Wen drehst du? Dich? Oder wie? Durch was drehst du dich? Wohin drehst du dich? Anworte mir!

A   Nach Hause! Nach Hause dreh ich mich! Ich halt das nicht mehr aus! Ich geh nach Haus!

B   Nach Haus?

A   Ja, nach Haus!

B   Darf ich mitgehn?

A   Warum?

B   Weil mir so fad ist.

A   Na gut, kannst mitkommen. Aber keine blöden Redensarten mehr, verstanden?

B   Okay. Hast ja recht. Reden ist Silber, Schweigen ist Geld.

A   Was? Das heißt doch gar nicht so!

B   Wie denn?

A   Reden ist Silber, Schweigen ist verdächtig! So heißt das!

B   Aber nein! Aber nie! Geh mir doch nicht auf den Wecker!

A   Welcher Wecker?

B   Laß mich mit deinem blöden Wecker in Ruh! Was weiß ich, von welchem Wecker du redest?! Auf jeden Fall heißt das: Morgenstund hat Silber im Mund!

A   Silber! Silber! Ist das zu fassen?? Gold heißt das, Gold! Hast du noch nie goldene Zähne gesehen?

B   Nicht alles was glitzert ist Gold, mein Lieber!

A   Aber auch nicht Silber, mein Lieber!

B   Richtig. Zugegeben.

156

A Na also.

B Na gut.

A Gehn wir uns besaufen?

B Wieso?

A Einfach so. Weils so fad ist.

B Gute Idee. In vino veritas.

B Wie?

B Latein. Das ist lateinisch. Soll heißen: Im Wein liegt die Wahrheit.

A Tatsächlich? Die liegt im Wein?

B So sagt man, ja.

A Na dann nichts wie hin!

B Mein ich auch. Mich dürstet. Nach Wahrheit! Hehe!

A Mich auch! Hehe!

B Na dann auf zum Gefecht!

A Wieso Gefecht?

B Halt die Klappe!

A Welche Klappe?

B Jetzt hau ich dir aber...!

A Au! Du verdammter...!

B Au! Ahh! Uhhh!

A Aaauu! Hilfe! Ahhh!

B Hiiiilfe!! Auaauaauaaua!!

A Mmpf!! Pprrt!!

B Grrklmphmpf!!!

Die Blutsbrüder

Martin ist neun Jahre alt. Er wohnt mit seinen Eltern seit einigen Monaten in einem der neuen Hochhäuser am Stadtrand.

Der Vater arbeitet als Versicherungsangestellter und die Mutter als Verkäuferin in einem Kleidergeschäft.

Jeden Morgen bringen sie Martin mit dem Auto zur Schule und fahren dann weiter zu ihren Arbeitsplätzen. Nach der Schule fährt Martin mit dem Bus nach Hause und wärmt sich selbst das vorbereitete Essen auf. Die Eltern kommen nämlich mittags nicht heim, weil der Weg von der Stadt heraus zu weit ist. Martin erledigt dann meistens seine Arbeiten für die Schule, um den Rest des Tages seine Ruhe zu haben. Dann geht er manchmal zum Spielplatz hinunter, zu den anderen Kindern.

Leider hat Martin seine alten Freunde verloren, als er aus der Altstadt in die neue Wohnung übersiedelte. Auch die Schule mußte er wechseln, was nicht sehr angenehm ist. Martin tut sich schwer, neue Freunde zu finden. Er ist ein wenig zu dick, und einige Kinder auf dem Spielplatz haben ihn deswegen verspottet.

An sich macht das Martin nicht viel aus, denn auch seine früheren Freunde nannten ihn manchmal »Schweindl«. Aber das waren eben Freunde.

Man kannte sich von klein auf und hatte schon viele Abenteuer miteinander bestanden. Überhaupt war es in der Altstadt viel lustiger gewesen. In den Hinterhöfen gab es viel mehr Spielmöglichkeiten. Da gab es Bretterverschläge und Gerümpelhaufen und dichte Sträucher.

Man kletterte über Mauern, versteckte sich in dunklen Gängen und überfiel seine Feinde aus dem Hinterhalt. Hier, zwischen den neuen Hochhäusern, da gibt es überhaupt keinen Hinterhalt. Außerdem ist dieser Spielplatz auf die Dauer stinklangweilig. Ein Sandhaufen für die Kleinen und ein paar Turngeräte für die Größeren. Was soll man da schon machen.

Als neulich wieder einer der Jungen zu Martin sagte: »Hau ab, Schweinchen Dick!«, da hat Martin ihn verprügelt. Darauf kam schimpfend dessen Mutter gelaufen, die gerade in der Nähe ihre Teppiche klopfte.

Martin konnte nur mit Müh und Not dem Teppichklopfer ausweichen und rannte davon. Jetzt bleibt Martin nachmittags häufig zu Hause, liest in Comic-Heften und spielt mit den Plastikfiguren. Mit diesen Figuren kann man sehr viel machen. Man kann sie umziehen und vom Cowboy zum Indianer verwandeln.

Oder vom Taucher zum Polizisten. Man kann die Figuren auch alle aufstellen und sich eine abenteuerliche Geschichte dazu ausdenken. Aber so ganz allein macht das auf die Dauer auch keinen Spaß.

Heute geht Martin wieder einmal zum Spielplatz hinunter, weil das Wetter so schön ist. Als er hinkommt, bewerfen ihn aber zwei der Jungen mit Sand und beschimpfen ihn. Martin wirft ein paar Hände voll Sand zurück und geht weiter. Er findet eine leere Cola-Dose und spielt Fußball mit ihr. Die Dose scheppert ziemlich laut, und Martin findet Spaß daran. Er stößt die Dose gegen die Gehsteigkante und dann gegen eine Mülltonne. Das klingt noch besser.

Nun schaut aber eine Frau aus einem Parterrefenster und sagt: »Mach doch nicht solchen Lärm, mein Baby schläft!«

Martin läßt die Dose liegen und geht weiter. Es ist

159

ganz ruhig, wie ausgestorben. Martin denkt an die Altstadt. Da war was los! Da ist es immer ziemlich laut zugegangen, aber trotzdem fiel einem das gar nicht so auf. Hier fällt es schon unangenehm auf, wenn man mit einer Dose Fußball spielt.

»Die sollen sich alle eingraben lassen!« denkt Martin. Er kommt nun zu einem Hochhaus, das noch nicht ganz fertig ist. Es wird aber gerade nicht daran gearbeitet. ZUTRITT VERBOTEN – ELTERN HAFTEN FÜR IHRE KINDER, steht auf einem großen Schild. Martin streckt dem Schild die Zunge heraus und betritt den Rohbau. Es ist sehr kühl und riecht nach Mörtel. Martin läuft über die Treppen hinauf und schaut sich die Wohnungen an. Überall hängen Kabelenden von den Decken und stehen Rohre aus den Wänden. Martin geht zu einem der noch unverglasten Fenster und schaut hinaus. Es ist kein Mensch zu sehen. »Wie in einem Western ist das«, denkt Martin. »Bevor die Bösen kommen, die Banditen. Da verkriechen sich auch alle in die Häuser.« Auf dem Fensterbrett steht eine leere Bierflasche. Martin preßt die Öffnung an die Unterlippe und bläst hinein. Das klingt wie eine Schiffssirene. Martin stellt die Bierflasche wieder hin und läuft bis zum sechsten Stock hinauf.

Als er eine der Wohnungen betritt, schreckt er zurück. Da liegt ein Mann auf einer zerfledderten Matratze. Ein alter Mann. Mit Zeitungspapier zugedeckt. Der Mann schläft. Neben ihm steht ein voller Plastiksack, eine halbleere Schnapsflasche, und mehrere ausgetrunkene Bierflaschen liegen herum. Martin will sich umdrehen und gehen, da öffnet der Mann die Augen und sagt: »Ja, hallo! Wer ist denn das? Ist der junge Herr vielleicht der neue Mieter?« »Neinnein«, stottert Martin, »ich, ich wollte, ich wollte mich nur ein wenig umsehen!«

Der alte Mann setzte sich auf. Er macht einen ziemlich heruntergekommenen Eindruck. Aber sein Gesicht gefällt Martin. Und seine langen, weißen Haare.

»Ach so«, sagt der Mann, »umsehen will er sich, der junge Herr.« Martin merkt, daß der Alte betrunken ist. »Darf ich dem jungen Herrn was anbieten?« fragt der Mann. »Eine Zigarette vielleicht?« Er hält Martin seine zerknitterte Zigarettenschachtel hin.

»Nein, danke«, sagt Martin, »ich bin Nichtraucher.«

Da müssen beide lachen.

»Und wie wär's mit einem kleinen Schlückchen Feuerwasser?«

Der Alte zeigt auf die Schnapsflasche.

»Nein, danke«, antwortet Martin, »ich mag lieber Cola.«

»Ja, damit kann ich leider nicht dienen«, sagt der Mann. »Aber Pfefferminz-Bonbons hab ich.« Er greift in seine Jackentasche und holt ein paar klebrige Bonbons heraus. Obwohl sich Martin ein bißchen davor ekelt, nimmt er doch eines und steckt es in den Mund. Der Alte hebt die Beine von der Matratze und bietet Martin Platz an. »Setz dich, Bruder«, sagt er. Martin setzt sich neben den Alten und schaut ihn an

»Was schaust du denn so?« fragt der nach einer Weile. »Hab ich was Besonderes an mir?«

»Sie sehen aus wie ein Indianer«, sagt Martin.

»Achja? Achja?« meint der Alte. Er schaut etwas verdutzt und sagt dann: »Naja, das ist kein Wunder. Ich bin ja ein Indianer!«

»Was?« fragt Martin ungläubig. »Sie sind wirklich ein Indianer? Ein echter Indianer! Aus Amerika?«

»Ja, freilich!« sagt der Alte und nimmt einen Schluck aus der Schnapsflasche. Martin kann es kaum glauben, obwohl der Alte wirklich ein Gesicht hat wie ein echter Indianer. Dunkelbraune Farbe, tiefe Falten, Hakennase, blitzende Augen und lange, weiße Haare. Wie ein echter Filmindianer.

»Ja, warum leben Sie dann nicht in Amerika?« fragt Martin.

»Das ist eine lange Geschichte, Bruder«, antwortet der alte Mann. »Eine sehr lange Geschichte.«

»Bitte erzählen Sie mir diese Geschichte! Bitte!« bettelt Martin

»Okay, Bruder«, sagt der Alte. »Und sag nicht Sie zu mir. Wir sind alle Brüder. Mein Name ist, äh, wie heiß ich denn gleich? Achja, beinah hätt ich's vergessen: Ich heiße Weiße Feder, schnell wie der Wind. Weiße Feder genügt aber, sonst wird's zu lang.«

»Das ist aber ein schöner Name!« sagt Martin. »Der gefällt mir gut. Ich heiße leider nur Martin.«

»Martin ist auch ein schöner Name«, sagt Weiße Feder. »Weißt du, wer dein Namenspatron ist?«

»Nein«, antwortet Martin, »wer denn?«

»Dein Namenspatron war ein außerordentlich feiner Mensch«, sagt Weiße Feder. »Der hat alles mit den Armen geteilt. In einer kalten, stürmischen Winternacht hat er sogar seinen Mantel einem armen, frierenden Mann geschenkt. Jaja, dieser Martin war wirklich ein guter Kerl!«

»Hast du ihn denn gekannt?« fragt Martin.

»Natürlich«, antwortet Weiße Feder. »Ich selbst war ja der arme Mann, dem er seinen Mantel schenkte.«

»Na, sowas!« sagt Martin erstaunt. »Das mußt du mir genau erzählen, Weiße Feder! Und auch warum du Amerika verlassen hast.«

»Okay, Bruder«, sagt Weiße Feder und nimmt einen Schluck aus der Flasche. »So will ich dir denn meine Geschichte berichten.«

Und Weiße Feder beginnt zu erzählen.

»Ich gehöre zu dem Stamm der Zluztimuchtls. Mein Vater war ein berühmter Krieger. In zahllosen siegreichen Kämpfen gegen die bleichgesichtigen Soldaten hatte er seinen überragenden Mut bewiesen. Man nannte ihn Büffel mit den tödlichen Donnerhufen. Noch vor meiner Geburt überfiel ihn eine Horde von Soldaten aus dem Hinterhalt und metzelte ihn erbarmungslos nieder. Trotz schwerster Verwundungen schickte er mit einem Messer sieben Feinde in die Ewigen Jagdgründe. Mit dem Ruf »Der Rote Mann wird siegen!« hat er dann sein Leben ausgehaucht. Leider sollte er nicht rechtbehalten. Als ich zur Welt kam, da hatten uns die Weißen schon unser ganzes Land weggenommen. Man steckte uns in Reservate, die wir nicht verlassen durften.

Früher waren wir starke, tapfere Krieger gewesen, zogen in der Prärie umher und jagten nach Büffeln. Frei wie der Wind sind wir gewesen. Und nun hatte man uns eingesperrt. Ein bitteres Los, Bruder, glaub mir!

Die Weißen gaben uns dann reichlich Feuerwasser. Aber nicht aus Mitleid, sondern um uns krank zu machen. Damit wir nicht zum Widerstand fähig waren, verstehst du, Bruder?

Und wir nahmen das Feuerwasser an. Wir bekämpften damit unsere Traurigkeit. Wir versuchten dadurch unsere Sehnsucht nach Freiheit zu vergessen.

Aber das war ein Fehler, Bruder! Wir hätten das Feuerwasser den Weißen ins Gesicht spucken sollen! Jawohl, Bruder, das hätten wir tun sollen! Aber statt dessen soffen wir weiter.

Wir schnitten uns auch die Haare, kleideten uns wie Weiße und bauten Mais an. Stell dir vor, wir Jäger bauten Mais an! Aber wir mußten es tun, sonst wären wir verhungert. Viel schaute ohnehin nicht dabei heraus. Der

Boden war schlecht und die Ernte wenig ertragreich. Oft mußten wir bitteren Hunger leiden.

Nun, eines Tages hatte ich dieses Leben satt, und ich verließ mit einigen Brüdern das Reservat. Wir wollten wieder wie freie Indianer leben und auf die Jagd gehen. Da wir keine Pferde hatten, mußten wir sie stehlen. Die bleichgesichtigen Soldaten verfolgten uns natürlich und überfielen eines Nachts unser Lager. Wir kämpften tapfer, Bruder, das kannst du mir glauben! Aber es nützte nichts, die Übermacht war zu groß. Wir hatten nur ein Gewehr, die Soldaten hingegen bewarfen uns mit Dutzenden von Handgranaten.

Alle meine Brüder starben, nur ich konnte schwerverwundet entkommen. Mit meinem Mustang floh ich in die Rocky Mountains. In den Bergen angekommen, holte ich mir zuerst mit einem glühenden Messer drei Kugeln aus dem Körper. Als ich wieder bei Kräften war, baute ich eine Blockhütte, ging auf die Jagd und lebte einige Monate sehr zufrieden.

Doch dann brach der Winter herein, und es schneite wochenlang. Ich verkroch mich also mit meinem Mustang in die Hütte und heizte tüchtig ein, damit wir nicht froren. Alles in allem war es ganz gemütlich. Nur ein Fäßchen Feuerwasser fehlte noch. Und ein Freund. Auf die Dauer ist das Alleinsein nichts. Einen Freund hätte ich mir schon gewünscht. Naja, mit meinem Mustang unterhielt ich mich auch sehr gut. Er war wirklich äußerst klug. Verstand jedes Wort. Wir wurden richtige Freunde, und ich teilte sogar meine Bohnensuppe mit ihm.

Doch dann kam die Katastrophe. Ein wüster Sturm blies uns die Hütte über dem Kopf weg, und wir befanden uns plötzlich im Freien. Da haben wir blöd dreingeschaut, Bruder, das kannst du mir glauben! Es blieb uns nichts anderes übrig, als diese unwirtliche Gegend zu verlassen.

Mein armer Mustang und ich kämpften uns tagelang durch den Schneesturm. Es war fürchterlich kalt, und ich hatte nur ein armseliges Hemd am Leibe, weil mir der Sturm auch den Pullover und den Pelzmantel davongetragen hatte.

Als ich schon am Erfrieren war, kam plötzlich ein Reiter durch das Schneetreiben auf mich zu. Er sagte, sein Name sei Martin, sodann überließ er mir seinen Mantel und eine Pfanne voll köstlicher Bohnen mit Speck. Dann verschwand er wieder spurlos. Ja, Bruder, das war er, dein Namenspatron. Ein feiner Kerl!

Nun, ich ritt also mit frischen Kräften weiter und kam bald in die Ebene, wo der Schneefall in Regen überging. Nach ein paar Tagen schien sogar wieder die Sonne, und mein Mustang und ich ruhten uns eine Woche aus. Wir hatten uns einen gehörigen Schnupfen zugezogen, und ich kochte deshalb aus Kräutern einen wunderbaren Tee. Mein Mustang mochte den Tee nicht, aber ich brachte ihn dazu, wenigstens ein bißchen zu inhalieren. Bald war unser Schnupfen auch weg, und wir zogen weiter.

Dann geschah etwas Furchtbares, Bruder! In einer Schlucht entdeckte mich ein Soldatentrupp und nahm die Verfolgung auf. Mein Mustang lief, so schnell er konnte, aber da ereilte ihn eine Gewehrkugel, und er brach tot unter mir zusammen. Blitzschnell rappelte ich mich auf, lief zur Felswand und stieg im Schutz einer tiefen Spalte bergan. Die Soldaten schossen wie verrückt auf mich, aber sie trafen nicht. Als ich auf dem Felsen angelangt war, sah ich, daß sie ebenfalls hinaufkletterten. Mit übermenschlicher Kraft hob ich nun einen riesigen Stein auf und schleuderte ihn in die Spalte hinunter. Der Stein löste eine ganze Lawine aus, und die bleichgesichtigen Soldaten gingen alle jämmerlich zugrunde.

Ich stieg wieder hinunter, begrub meinen treuen Mustang und ritt mit einem Pferd der Soldaten weiter. Nach zehn Tagen gelangte ich zur Küste. Da beschloß ich, dieses Amerika zu verlassen. In ein Reservat wollte ich auf keinen Fall mehr. Man hätte mich auch bestimmt aufgehängt, nach allem, was passiert war. So ging ich also auf ein Schiff und heuerte als Küchenjunge an.

Das Meer war schon ein Erlebnis für mich, das kannst du mir glauben, Bruder! Ein gewaltiges Erlebnis!

Nun, das Schiff fuhr mit einer Ladung Ananas nach Europa. In Hamburg ging ich von Bord. Das ist eine schöne Stadt. Hat mir gut gefallen. Ich schlug mich dann als Hafenarbeiter durch. Verdiente nicht schlecht. Aber meine Roten Brüder fehlten mir. Und die Prärie auch. Ich begann wieder, meinen Kummer in Feuerwasser zu ertränken. Immer mehr trank ich. Und verlor deshalb meinen Arbeitsplatz. Das war schlimm, Bruder! Dann hab ich mir ein Pferd ausgeliehen. Von einem Reitstall. Ich wollte ·endlich wieder einmal reiten, verstehst du, Bruder? Ich ritt also hinaus in die Heide, machte am Abend ein Lagerfeuer und schaute zu den Sternen hinauf.

Das war sehr schön, Bruder. Fast wie in der heimatlichen Prärie.

Am nächsten Morgen ist aber ein Polizeihubschrauber neben mir gelandet, und sie haben mich verhaftet. Dabei wollte ich das Pferd ohnehin wieder zurückbringen. Aber man glaubte mir nicht, und ich wurde eingesperrt. Nach dem Gefängnis bekam ich keine Arbeit, weil mich die Leute für einen Verbrecher hielten. Außerdem war ich schon über fünfzig, und da kriegt man nicht mehr so leicht was. Da nahm ich eben Gelegenheitsarbeiten an. Auf dem Obstmarkt und so. Einmal genehmigte ich mir ein paar angefaulte Tomaten, und seitdem war es da auch aus. Man nannte mich eine verdammte diebische Rothaut! Wegen dieser paar Tomaten, Bruder! Aber so ist das nun mal.

Na ja, seitdem treib ich mich halt so rum. Zum Leben brauch ich nicht viel. Ein wenig Brot genügt mir. Und ein bißchen Feuerwasser. Um die Sorgen zu vergessen. Und die Einsamkeit. Und meine Sehnsucht nach der Prärie. Du verstehst, Bruder, ja?«

Weiße Feder lehnt sich zurück und nimmt wieder einen tiefen Schluck aus der Flasche. Martin hat staunend zugehört und weiß nicht recht, ob er all das glauben soll oder nicht. Aber was soll's. Die Geschichte hat ihm sehr gut gefallen, und Weiße Feder gefällt ihm auch.

»Ich möchte auch lieber in der Prärie leben«, sagt Martin. »Hier ist es nicht schön. Überhaupt, wenn man keine Freunde hat.«

»Jaja, da hast du recht, Bruder«, meint Weiße Feder. »Da hast du verdammt recht! Ohne Freunde ist das Leben beschissen!«

»Wollen wir beide Freunde sein?« fragt Martin.

Da lacht Weiße Feder. »Natürlich«, sagt er, »natürlich wollen wir Freunde sein!«

»Echte Blutsbrüder?« fragt Martin.

»Echte Blutsbrüder!« antwortet Weiße Feder.

»Dann müssen wir unser Blut vermischen«, sagt Martin. »Wie Winnetou und Old Shatterhand.«

»Natürlich, Bruder«, sagt Weiße Feder. »Das machen wir.«

Weiße Feder zieht ein Taschenmesser heraus, öffnet es und hält die Flamme seines Feuerzeuges unter die Klinge. »Damit wir keine Blutvergiftung kriegen«, sagt er.

Dann putzt er die Klinge sorgfältig an seinem Hemdzipfel ab.

»So, Bruder«, sagt er, »dann wollen wir unseren Pakt besiegeln!«

Martin krempelt seinen linken Ärmel hinauf und hält Weiße Feder die Hand hin. Weiße Feder ritzt mit dem Messer die Haut am Unterarm ein, sodaß etwas Blut herauskommt. Dann macht er dasselbe bei sich. Und nun legen die beiden ihre Arme so zusammen, daß sich die Wunden berühren.

»Dein Name«, sagt Weiße Feder, »dein Name sei Schneller Hirsch, der mit Riesensprüngen die Prärie durchquert. Einverstanden?«

»Einverstanden«, antwortet Martin.

»Gut«, sagt Weiße Feder, »so wollen wir uns denn Blutsbrüderschaft schwören bis ans Ende unserer Tage. Wir wollen uns beistehen in Not und Bedrängnis, und nie wird einer von uns beiden den anderen im Stich lassen! Das schwöre ich, Weiße Feder, so wahr mir Manitou helfe!«

Und Martin sagt: »Auch ich, Schneller Hirsch, schwöre das, so wahr mir Manitou helfe!«

Die beiden lösten die Arme voneinander, und Weiße Feder greift nach der Schnapsflasche »Das müssen wir feiern, Blutsbruder!« sagt er. »Trink einen Schluck, ab heute bist du ein Mann!«

Martin nimmt die Flasche und trinkt. Es schmeckt ganz abscheulich, aber Martin ist trotzdem sehr stolz und sehr glücklich. So glücklich, wie noch nie in seinem Leben. Er hat endlich einen Freund gefunden. Nein, nicht nur einen Freund. Sogar einen Blutsbruder! Einen echten indianischen Blutsbruder! Wenn das nicht wunderbar ist! Wer von den blöden Hammeln am Spielplatz kann schon von sich behaupten, daß er einen Blutsbruder hat. Keiner! »Jetzt können sie ruhig Dicker schreien, das macht mir nichts mehr aus!« denkt Martin.

Weiße Feder nimmt ebenfalls einen Riesenschluck aus der Flasche und macht auch einen sehr glücklichen Eindruck.

»So, Bruder«, sagt Weiße Feder, »jetzt machen wir uns ein Lagerfeuer, dann wird's noch gemütlicher.«

Er steht schwankend auf und holt einige Bretter zusammen, die als Verschalungen gedient haben. Dann zerbricht er sie, schichtet sie auf dem Betonboden kreuzweise übereinander, legt Zeitungspapier darunter und zündet an. Bald haben sie ein schönes Feuer, und Martin meint: »Jetzt fehlt uns nur noch die Prärie, Bruder.«

»Ich erzähle dir von der Prärie«, sagt Weiße Feder.

»O ja!« antwortet Martin. »Erzähl mir mehr aus deinem Leben, lieber Bruder!«

Und Weiße Feder erzählt. Mehrere Stunden erzählt er von seinen Abenteuern, und Martin hört gebannt zu. Und er merkt nicht, daß es Abend geworden ist und daß er schon lange zu Hause sein müßte. Weiße Feder hat längst eine andere Flasche aus seinem Plastiksack geholt und fast geleert. Mit weitausholenden Gesten und funkelnden Augen erzählt er von seinen Kämpfen mit den Bleichgesichtern. Martin besorgt zwischendurch immer wieder neues Holz, damit das Lagerfeuer nicht ausgeht.

Plötzlich ertönen von draußen im Stiegenhaus Stimmen. Weiße Feder verstummt, und beide lauschen erschreckt. Dann kommen auf einmal zwei Polizisten herein und dahinter Martins Eltern. Die Polizisten und Vater halten Taschenlampen in den Händen. Mutter stürzt auf Martin zu und schließt ihn weinend in die Arme. Vater schaut wütend Weiße Feder an und sagt: »Was haben Sie mit meinem Sohn gemacht?«

»Nichts habe ich gemacht, Bleichgesicht!« antwortet

Weiße Feder. »Schneller Hirsch und ich plaudern ein wenig von den alten Zeiten. Das ist alles.«

Einer der Polizisten sagt zu Weißer Feder: »Los, aufstehen!« Der zweite Polizist geht hinaus, kommt mit einem Kübel voll Sand zurück und erstickt damit das Feuer. Währenddessen hat Weiße Feder sich hochgerappelt. Das Stehen fällt ihm schwer. »Ausweis!« sagt der Polizist. Weiße Feder greift in die Jacke und gibt dem Polizisten seinen Ausweis.

»Sag bist du wahnsinnig?« fragt der zweite Polizist Weiße Feder und leuchtet ihm mit der Lampe ins Gesicht.

»Du kannst doch hier kein Feuer anzünden! Wo sind wir denn?«

»In der Prärie«, antwortet Weiße Feder und beginnt zu singen: »Ja ja, in der Prärie, da ist es schön!«

»Okay«, sagt der Polizist, »du kommst mit auf die Wache.«

»Warum denn?« fragt Weiße Feder. »Wollt ihr mich etwa wieder ins Reservat stecken?«

»Du wirst schon sehen, wohin wir dich stecken!« sagt der erste Polizist. »Hast du einen festen Wohnsitz?«

»Nein, hab ich nicht«, antwortet Weiße Feder. »Ich bin frei wie der Wind!«

»Aber nicht mehr lange, du Sandler!« sagt der zweite Polizist.

»Ich bin kein Sandler«, sagt Weiße Feder. »Ich bin ein Indianer! Wenn schon, dann bin ich Präriesandler.«

»Die nächsten Wochen kannst du in einer Zelle herumsandeln«, sagt der erste Polizist, »und wenn du weiterhin den Indianer spielst, dann stecken wir dich in die Psychiatrie, verstanden!?«

Da schweigt Weiße Feder und schaut traurig zu Boden. Martin möchte am liebsten heulen.

»Also los!« sagt der eine Polizist. »Komm mit, Alter, ab in den Häfen!«

Weiße Feder nimmt seinen Plastiksack, gibt Martin die Hand und sagt: »Leb wohl, Blutsbruder, es war eine schöne Zeit mir dir. Werd ich nie vergessen!«

Martin beginnt zu weinen und sagt zu den Polizisten: »Ihr dürft ihn nicht einsperren! Er ist mein Blutsbruder! Er hat doch nichts Böses getan!«

»Er ist ein Taugenichts, ein Herumtreiber!« sagt einer der Polizisten. »Wie man sieht, übernachtet er hier. Das ist verboten! Es ist auch verboten, in einem Haus offenes Feuer zu machen. Schau dir die Decke an. Ganz schwarz! Außerdem scheint er nicht ganz bei Trost zu sein. Wir müssen ihn mitnehmen! Das mußt du schon verstehen.«

»Nein, das versteh ich nicht!« antwortet Martin weinend. »Das versteh ich wirklich nicht! Bitte laßt ihn frei, bitte!«

»Also, Schluß jetzt, Martin!« schimpft Vater. »Komm, wir gehen!«

»Nein!« bleibt Martin stur. »Ich will nicht! Wenn ihr Weiße Feder einsperrt, dann müßt ihr mich auch einsperren! Wir sind Blutsbrüder!«

»Du, wenn du nicht gleich aufhörst mit dem Blödsinn, dann hau ich dir eine runter! « brüllt Martins Vater.

»Das ist mir egal!« antwortet Martin. »Hau doch!«

Martins Vater holt aus, aber dann schlägt er doch nicht zu, sondern schaut hilfesuchend die Polizisten an.

Da wendet sich Weiße Feder an Martin: »Mach dir keine Sorgen, Schneller Hirsch! Die paar Wochen Häfen machen mir nichts aus. Das geht schnell vorbei. Bin ich ja schon gewöhnt.«

»Aber wir haben doch geschworen, uns nie im Stich zu lassen!« sagt Martin.

»Du läßt mich ja nicht im Stich!« antwortet Weiße Feder. »Du verteidigst mich ja. Aber mehr kannst du nicht für mich tun. Der Feind ist in der Überzahl, das

171

siehst du ja. Und bewaffnet ist er auch noch. Manchmal ist es klüger, nachzugeben, Bruder. Es wird schon nicht so schlimm. Ganz bestimmt nicht! Du kannst beruhigt nach Hause gehen. Und wir werden uns wiedersehen. Glaub mir, Schneller Hirsch, wir werden uns wiedersehen!«

Weiße Feder umarmt Martin, dann sagt er zu den Polizisten: »Also los, gehen wir, Bleichgesichter!«

Die Polizisten tippen mit dem Zeigefinger an ihre Mützen und verlassen mit Weißer Feder die Wohnung.

»Leb wohl, Weiße Feder!« ruft Martin weinend seinem Blutsbruder nach.

»Leb wohl, Schneller Hirsch!« schallt es aus dem Stiegenhaus zurück. »Manitou möge dich schützen!«

»Das ist ja furchtbar!« sagt Martins Mutter. »Wie kommst du denn nur an diesen Spinner!?«

»Das ist kein Spinner!« antwortet Martin wütend. »Das ist mein Blutsbruder!«

»Eine Tracht Prügel kriegst du!« sagt Vater. »Dann hast du deinen Blutsbruder. Los, komm jetzt endlich nach Hause!«

Martin geht mit den Eltern heim. Auf dem ganzen Weg reden die drei kein Wort. Zu Hause bricht Vater endlich das Schweigen. Er erzählt Martin, welche Sorgen sie sich machten, als er nicht heimkam. Überall suchten sie nach ihm. Schließlich rief Vater die Polizei an, und gemeinsam mit den beiden Polizisten setzten sie die Suche fort. Dann sahen sie den Feuerschein im Fenster des Neubaues. Und fanden dort Martin.

»Es tut mir leid, daß ihr euch Sorgen gemacht habt«, sagt Martin. »Aber ich übersah ganz, daß es dunkel wurde. Weiße Feder hat mir so spannende Geschichten erzählt, daß ich ganz auf die Zeit vergaß.«

»Weiße Feder! So ein Blödsinn!« sagt Vater. »Der ist doch kein Indianer. Was soll denn das?!«

»Freilich ist er ein Indianer!« antwortet Martin. »Ein echter, amerikanischer Indianer. Er hat mir sein ganzes Leben erzählt.«

»Aber das glaubst du doch nicht im Ernst, oder?« fragt Mutter. »Der ist doch kein Indianer! Ein arbeitsscheuer Herumtreiber ist das, sonst nichts.«

»Und wenn er behauptet, ein Indianer zu sein«, sagt Vater, »lügt er entweder, oder er ist verrückt.«

Martin versucht, seine Eltern davon zu überzeugen, daß Weiße Feder wirklich ein echter Indianer ist, aber sie glauben ihm nicht. Schließlich gibt er es auf und geht zu Bett. Das Abendessen, das ihm Mutter hingestellt hat, läßt er unberührt.

Lange liegt Martin noch wach. Er muß immerzu an seinen Blutsbruder Weiße Feder denken, der jetzt in einer Gefängniszelle liegt.

»Vielleicht haben meine Eltern recht«, überlegt Martin. »Vielleicht ist er wirklich kein Indianer. Vielleicht gibt es gar keinen Stamm der Zluztimuchtls. Und vielleicht ist Weiße Feder nur ein alter Mann, um den sich niemand kümmert. Aber das heißt noch lange nicht, daß er verrückt ist. Oder daß er gelogen hat. Er hat vielleicht etwas erfunden. Ein bißchen übertrieben. Um mir eine Freude zu machen. Und das ist ihm gelungen. Es war sehr schön mit ihm und ich werde ihn wiedersehen. Auch wenn's mir meine Eltern verbieten. Ich werde Weiße Feder im Gefängnis besuchen. Ja, das tu ich. Gute Nacht, Bruder!«

Martin schläft ein. Und er träumt, daß er mit seinem Bruder Weiße Feder auf zwei herrlichen Mustangs durch die Prärie reitet. Und über ihnen am weiten Firmament glitzern die Sterne.

Der Bär im Schaufenster

Der große Bär stand eines Tages unversehens in einem Schaufenster des Jagdkleidungsgeschäftes Steiner und schaute verwundert auf die Maria-Theresien-Straße hinaus. Herr Steiner junior hatte den Bären von einem gerade in der Stadt gastierenden Zirkus gemietet, und das schöne Tier sollte als Blickfang für die sportliche Jägerbekleidung dienen. So stand nun der große Bär in einem schmalen Gitterkäfig im Schaufenster, und um ihn herum standen männliche Puppen, bekleidet mit grünen Jägerhemden und Jägerjacken und Jägerhosen und Jägermänteln und Jägerhüten; jede auch behängt mit einem Jagdgewehr. Die Idee des Herrn Steiner junior war eine gute Idee, denn tatsächlich sammelten sich die Passanten in großer Menge vor dem Schaufenster an und bestaunten den großen Bären, der ein braunes Fell hatte sowie blitzende, lange Zähne. Oberhalb des Schaufensters war ein Lautsprecher angebracht, sodaß man das Brummen des Bären besser hören konnte. Manchmal, wenn einer zum Spaß ans Fenster klopfte, brüllte der Bär auch, und dann wichen die Passanten erschrocken zurück. Zweimal am Tag erschien ein Wärter vom Zirkus, der den großen Bären fütterte und tränkte. Am Abend blieb bis Mitternacht das Licht im Schaufenster eingeschaltet, damit auch die Leute, die aus den Kinos und Restaurants kamen, den Bären und die schönen Jagdkleider bewundern konnten. Nicht alle Passanten, die vorbeikamen, waren damit einverstanden, daß Herr Steiner junior einen lebenden Bären als Reklame benutzte. Manche meinten, ein ausgestopfter Bär hätte wohl auch als

174

Blickfang genügt. Besonders an den Nachmittagen, wenn die Sonne heiß in die Auslage brannte und die Wasserschüssel längst leer war, schüttelten manche Leute, junge wie alte, den Kopf und meinten, so etwas sei nicht recht. Einige gingen auch ins Geschäft und sagten zu den Verkäufern, man solle doch wenigstens die Wasserschüssel nachfüllen, was dann auch geschah. Trotzdem aber fühlte sich der große Bär anscheinend sehr unwohl, denn stundenlang stand er im Käfig, mit den Pranken die Gitterstäbe umfassend, und wiegte ununterbrochen seinen schweren Körper hin und her. In der fünften Nacht sprühte ein Unbekannter mit roter Farbe einen Satz auf die Schaufensterscheibe, und der Satz lautete: LASST DEN BÄREN FREI! Herr Steiner junior ließ die Aufschrift am Morgen sofort von einem Lehrling herunterwaschen und erstattete bei der Polizei eine Anzeige gegen Unbekannt wegen Geschäftsstörung und boshafter Sachbeschädigung. In der siebten Nacht versuchte ein Unbekannter die Auslagenscheibe mit einem Stein einzuwerfen, wohl in der Absicht, den Bären zu befreien, was aber mißlang, da die Scheibe einbruchsicher war und außerdem sofort eine Alarmsirene losheulte. Herr Steiner junior ließ die beschädigte Auslagenscheibe auswechseln und erstattete wiederum Anzeige. In der zehnten Nacht setzte ein Unbekannter die Alarmanlage außer Betrieb, erbrach das Tor zur Hofeinfahrt, darauf die Tür zum Lieferanteneingang, darauf die Tür vom Lager zum Geschäft, öffnete sodann den Käfig des Bären und verschwand wieder. Zwei Stunden später erwachte der Bär aus seinem unruhigen Schlaf, weil donnernd ein Motorrad an der Auslage vorbeifuhr. Er schaute eine Weile auf die menschenleere Maria-Theresien-Straße hinaus und wollte sich dann wieder in einer Ecke des Käfigs zusammenrollen. Dabei stieß er aber mit dem

Hinterteil gegen die offene Käfigtür, und sie bewegte sich quietschend. Der große Bär schaute erstaunt und schlug dann mit einer Pranke leicht gegen die Tür, worauf sie noch ein Stück weiter aufschwang. Da erhob sich der Bär auf die Hinterbeine, trat aus dem Käfig, ging um ihn herum und wollte die Auslage durch die Scheibe verlassen. Er prallte aber heftig mit der Nase gegen das Glas, brummte verärgert und wußte nicht, was ihn da aufhielt. Er probierte es noch einmal, aber wieder prallte er gegen das Glas. Verwundert begann er nun mit den Pranken die unsichtbare Wand abzutasten und daran zu kratzen, und schließlich leckte er auch mit seiner langen Zunge daran. Er überlegte nun eine Weile mit schiefgeneigtem Kopf, dann schlug er plötzlich mit beiden Pranken mehrmals gegen das Glas, aber es nützte nichts. Da wurde der große Bär böse und begann im Schaufenster um sich zu schlagen und riß dabei sämtliche Puppen mit all den schönen Jägerkleidern zu Boden. Draußen ging eben ein betrunkener Herr vorbei, blieb fassungslos stehen, wischte sich dann ungläubig über die Augen und ging denselben Weg wieder zurück, wahrscheinlich in das Gasthaus, aus dem er eben gekommen war, um dort noch ein Gläschen zu trinken. Der große Bär verwickelte sich in einen weiten, grünen Hubertusmantel, stolperte und fiel plötzlich durch den grünen Vorhang in das Innere des Geschäftes. Nachdem er unwillig brummend den lästigen Mantel in kleine Streifen zerrissen hatte, tappte er im dunklen Geschäft herum, bis er die offenstehende Tür zum Lagerraum fand. Dort lief er gegen einen langen Metallständer, auf dem Hunderte von Kleidungsstücken hingen, und fiel mit ihm zu Boden. Der große Bär war nun schon ziemlich verärgert und machte deshalb aus dem Lagerraum Kleinholz. Ganze Regale mit wunderhübschen Jägerkleidungen stürzte er um, zerfetzte auch etliche zur Jägerkleidung passende Frauenbekleidungen, sogenannte Dirndl, und stand schließlich als Sieger im Kampf gegen das Kleiderheer aufrecht mitten im Lager, einen Jägermantel elegant um die Schultern gehängt. In diesem Augenblick betrat ein Herr von der Wach- und Schließgesellschaft den Lagerraum, weil er bei seinem Kontrollgang die offenen Türen bemerkt hatte. Der Wächter schaltete das Licht ein und fiel, als er des Bären ansichtig wurde, sofort in Ohnmacht, bevor er noch schreien konnte »Halt, wer da?!«, was eigentlich seine Absicht gewesen war. Der große Bär schüttelte den Jägermantel von seinen Schultern, stieg über den ohnmächtigen Herrn von der Wach- und Schließgesellschaft hinweg und ging durch den Lieferanteneingang in den Hof hinaus. Dort rannte er im Dunkeln gegen ein Auto der Marke Mercedes, welches das Auto von Herrn Steiner junior war; aber das wußte der Bär nicht. Er ärgerte sich nur von neuem, holte weit aus mit seinen Pranken und drosch dem Mercedes eine aufs Dach, daß dieses einen halben Meter einsank. Das tat aber dem großen Bären nicht wenig weh und so steigerte er sich in einen ziemlichen Zorn, der ihn veranlaßte, den schönen, jagdgrünen Mercedes des Herrn Steiner junior fast in sämtliche Einzelteile zu zerlegen; jedenfalls mußten die Scheiben daran glauben und die Scheinwerfer und die Rücklichter, der Kofferraumdeckel erlitt arge Beulen und auch der Auspuff fiel scheppernd zu Boden. Mitten in dieser geräuschvollen Aktion erschien plötzlich Herr Steiner junior auf einem Balkon des Innenhofs, denn Herr Steiner wohnte auch hier und war durch den Lärm unsanft aus dem Schlaf gerissen worden. »Was ist denn da los?« rief Herr Steiner junior, erhielt aber keine Antwort, rannte also über die Stiege hinunter, schaltete die Hofbeleuchtung ein und stand dem großen Bären gegenüber, der eben einen abschließenden Prankenhieb gegen den jagdgrünen Mercedes ausführte. Herr Steiner junior erschrak auf das entsetzlichste, der Bär aber blickte ihn gleichmütig an, denn sein Zorn war verraucht, und er machte nun einen eher duldsamen Eindruck. Dies wußte aber Herr Steiner junior nicht zu schätzen, denn zu groß war sein Schreck über den Ausbruch des Bären und noch größer über die mutwillige Vernichtung seines jagdgrünen Automobils. Nun erschien auf dem Balkon auch die Gattin von Herrn Steiner junior und rief erbleichend, als sie die Bescherung sah: »Oh, heiliger Hubertus, unser schönes Wägelchen!« Herr Steiner junior drehte sich um, rannte blitzschnell in seine Wohnung, holte die Jagdflinte aus dem Kasten, lud sie, lief auf den Balkon, legte an – aber da war keine Spur mehr vom Bären, denn dieser hatte den Hof bereits durch das offenstehende Tor verlassen. Mit gräßlichen Flüchen auf den Lippen rannte Herr Steiner junior auf die Straße hinaus und erblickte auch sofort den großen Bären, der gerade gemütlich an den Auslagen vorbeihoppelte. Herr Steiner junior legte an, zielte, schoß – und da gabs ein gewaltiges Krachen und Klirren, weil nämlich eine Auslagenscheibe von Herrn Steiners Jagdbekleidungsgeschäft auseinanderbarst in einem wunderbar glitzernden Sprühregen; was für ein Unglück! Und der große Bär, der trollte sich unverletzt davon, schlug nur einen leichten Trab an, denn nun schien ihm die Sache doch nicht mehr ganz geheuer. »Zu Hilfe!« rief Herr Steiner junior. »Zu Hilfe, Polizei, der Bär ist los!« Und gab wieder einen Schuß ab, aber da war der große Bär schon um die Ecke verschwunden, und die Schrotladung traf nur eine Schaufensterscheibe der gegenüberliegenden Konditorei; o Schande, Herr Steiner junior wußte sich nicht mehr zu helfen vor Wut! Der große Bär hielt nun kurz inne, schnüffelte in die Luft und ging dem Duft von Bäumen nach. Als er in die Herzog-Friedrich-Straße einbog, begegnete ihm jener betrunkene Herr, der schon vor einer dreiviertel Stunde seinen Augen nicht hatte trauen wollen, als er den Bären in der Auslage wüten sah. Besagter Herr zog jetzt nur kurz die Augenbrauen hoch, machte ohne große Umstände wieder kehrt und suchte wahrscheinlich erneut die eben verlassene Gaststätte auf, um noch einige weitere Gläschen zu trinken. Der große Bär beachtete den betrunkenen Herrn nicht weiter, sondern trabte zielstrebig davon, vom Marktgraben zum Innrain, an der Dankl-Kaserne vorbei, über die Innbrücke, die Höttinger Gasse hinauf, sah vor sich im Licht des Mondes das Karwendelgebirge, an dessen Fuß sich weite Fichtenwälder erstrecken, schnaufte zufrieden auf, und war auch bald zwischen den schützenden Bäumen verschwunden.

Die Ohrfeigenjause

Als Herberts Vater mit dem Lastwagen verunglückt war, nahm Mutter eine Arbeit bei einer Reinigungsfirma an. Bekleidet mit einem roten Overall putzte sie Büros, Stiegenhäuser und Fenster. Kurz bevor Vater starb, hatte ihn Herbert mit seiner Mutter nocheinmal im Krankenhaus besucht. Da flüsterte Vater der Mutter zu, sie möge gut auf den Buben schauen und auch mit Schlägen nicht sparen, denn das Leben sei hart und der Bub solle darauf vorbereitet werden. Nur nicht verzärteln und verwöhnen, meinte der Vater, sonst werde sich der Bub später nicht behaupten und durchsetzen können. Außerdem hätten ein paar Ohrfeigen noch nie geschadet, im Gegenteil, auch er, der Vater habe seinen Teil davon abbekommen und er sei heute dankbar dafür. Mutter hatte die Hand des Vaters gehalten und mit Tränen in den Augen genickt und gemeint, Vater brauche sich keine Sorgen zu machen, sie werden den Buben schon richtig erziehen. Dann waren sie gegangen und Vater starb in derselben Nacht an seinem eingedrückten Brustkorb.

Die Mutter verfuhr also nach dem Ratschlag des Vaters und erzog Herbert sehr streng und unnachsichtig. Jede noch so geringe Unfolgsamkeit wurde mit Ohrfeigen und Fernsehverbot bestraft. Und statt einer Jause packte die Mutter für Herbert jeden Morgen eine Ohrfeige ein, damit er auch in der Schule nicht vergesse, wie hart das Leben sei. Zwar meinte Herbert, das Leben in der Schule sei auch ohne Ohrfeigen hart genug, aber Mutter glaubte ihm nicht. Ihre eigene Schulzeit erschien ihr nämlich in der Erinnerung als eine sehr schöne Zeit, denn zu Hause hatte es nur Not und Hunger und Enge gegeben und schon als Kind hatte sie schwer arbeiten müssen. Daher waren ihr die Unterrichtsstunden als Erholung erschienen, obwohl der Lehrer seinen langen Rohrstock häufig auf ihren Rücken niedersausen ließ. Und weil Mutter wußte, daß es den Lehrpersonen nicht mehr gestattet war, die Schüler zu mißhandeln, hielt sie es für doppelt nötig, Herbert mit der Ohrfeigenjause sozusagen vorbeugend für eventuelle Unaufmerksamkeit oder freches Verhalten in der Schule zu bestrafen. Herbert versicherte seiner Mutter, er sei im Unterricht keineswegs unaufmerksam und sein Verhalten auch nicht frech, aber Mutter bezweifelte dies, denn seine Noten waren nicht die allerbesten. Es half ihm auch nicht, daß er Mutter erzählte, der Lehrer schlüge seine Schüler zwar kaum, aber er bestrafe sie häufig mit Spott und Verachtung, was er, Herbert, oft noch schlimmer empfinde als einen Schlag mit den Fingerknöcheln auf den Kopf.

So geschah es, daß Herbert wirklich statt eines Jausenbrotes jeden Tag eine Ohrfeige mit in die Schule nehmen mußte. Während die anderen Schüler in der großen Pause ihre Brote und Süßigkeiten auspackten, stellte Herbert sich in eine Ecke des Schulhofes, öffnete die silberne Aluminiumfolie und ließ die Ohrfeige heraus, die kurz danach heiß auf seiner Wange brannte.

Einmal, während der Geografiestunde, nahm der Banknachbar Herberts ihm das Jausenbrot weg, öffnete es und schrie vor Schreck auf, als er plötzlich einen Schlag im Gesicht verspürte. Der Lehrer fragte, was denn los sei und der Banknachbar sagte, Herbert habe ihm eine Ohrfeige gegeben. Daraufhin erhielt Herbert vom Lehrer eine Eintragung ins Klassenbuch und eine Strafaufgabe.

Von da an legte Herbert seine Ohrfeigenjause jeden Tag heimlich auf den Platz eines anderen Schülers. Jedesmal wurde neugierig die Aluminiumfolie geöffnet und die Ohrfeige schnellte hervor. Dadurch kam es häufig zu Raufereien, weil der Geohrfeigte natürlich glaubte, einer der Schulkameraden habe ihn geschlagen. Der Lehrer bestrafte mehrmals die ganze Klasse und erstattete auch dem Direktor Bericht. Dieser berief die Eltern zu sich und äußerte seine Beunruhigung über das unerklärliche bösartige Verhalten der Schüler. Die Eltern sprachen ein ernsthaftes Wort mit ihren Kindern, mancher Vater verprügelte auch seinen Sohn, aber es half nichts, die sonderbare Streitlust der Schüler hielt an. Eines Tages stellte der Lehrer Herbert eine schwierige Frage, und weil Herbert ein wenig ins Stottern kam, ahmte der Lehrer ihn nach und sagte höhnisch, setz dich, du Idiot, du Blödian. Da beschloß Herbert, sich zu rächen und legte seine Ohrfeigenjause heimlich in die Tasche des Lehrers. Zu Mittag gab der Lehrer seine Sachen in die Tasche und entdeckte dabei das silberfarbene Päckchen. Er öffnete es verwundert und sogleich wurde sein Kopf von einem heftigen Schlag durchgeschüttelt. Wütend und überrascht drehte er sich um, aber niemand war in der Nähe, alle Schüler saßen noch auf ihren Plätzen. Keiner hatte etwas von dem Vorfall bemerkt, außer Herbert natürlich, der sich diebisch freute über das verwirrte Gesicht des Lehrers, auf dessen linker Hälfte ein roter Fleck entstand. Zornig zerknüllte der Lehrer die leere Aluminiumfolie, warf sie in den Papierkorb und verließ das Klassenzimmer. Herbert wartete, bis alle Schüler gegangen waren, dann holte er die Folie wieder aus dem Papierkorb, glättete und faltete sie sorgfältig und brachte sie der Mutter zurück, damit sie eine neue Ohrfeige darin verpacken konnte.

Dann geschah es, daß Herbert einen Schulkameraden besuchte, um diesem ein paar Rechenaufgaben zu erklären, denn im Rechnen war Herbert ziemlich gut. Nachdem der Schulkamerad die Lösung der Aufgaben begriffen hatte, wartete seine Mutter mit Kakao und Kuchen auf. Als Herbert die Tasse anfassen wollte, stieß er sie versehentlich um und auf dem weißen Tischtuch breitete sich ein großer, dunkelbrauner Fleck aus. Sofort hob Herbert schützend seine Arme vor das Gesicht, weil er befürchtete, die Frau würde ihn deshalb schlagen, wie es auch seine Mutter anläßlich solcher Mißgeschicke zu tun pflegte.

Die Frau schaute ihn aber nur verwundert an und meinte, so etwas sei doch weiter nicht schlimm, und Herbert solle ruhig seine Arme wieder herunternehmen, es passiere ihm gewiß nichts.

Da mußte Herbert sich schon sehr wundern. Warum war diese Frau anders als seine Mutter? Herbert hatte immer geglaubt, alle Kinder würden so behandelt wie er. Und jetzt mußte er feststellen, daß das überhaupt nicht stimmte.

Mehrmals in der Woche besuchte Herbert nun seinen Schulkameraden und jedesmal machte er dieselbe Erfahrung. Diese Frau war fast immer freundlich zu ihrem Kind, niemals schlug sie es, und häufig umarmten und küßten sich die beiden sogar.

Wie schön, dachte Herbert. So etwas Schönes!

Einmal fragte ihn die Frau, ob er von seiner Mutter viele Schläge bekommen würde. Herbert bejahte und meinte, das sei wohl notwendig, sein Vater jedenfalls wäre dieser Meinung gewesen und Mutter deshalb auch. Da wurde die Frau traurig und sagte, sie sei ganz und gar nicht dieser Ansicht. Ein Kind brauche Liebe und keine Schläge. Sonst könne nie ein halbwegs glücklicher Mensch aus ihm werden.

Mehrere Tage lang dachte Herbert über die Worte der

Frau nach, dann faßte er einen Entschluß. Er brachte sein Ohrfeigenpaket von der Schule ungeöffnet heim, drückte es ganz flach, so daß es aussah wie leer und legte es auf den Küchentisch.

Die Mutter griff sofort danach, um ein sauber gefaltetes Rechteck daraus zu machen, denn sie liebte Ordnung über alles. Kaum hatte sie die Ecken aufgebogen, als schon die Ohrfeige hervorschnellte und ihr ins Gesicht fuhr. Da wurde sie feuerrot vor Wut und mußte eine Zeitlang nach Worten ringen. Herbert saß am Tisch und schaute seine Mutter ruhig an. »Du wagst es, du wagst es«, schrie sie schließlich mit überschnappender Stimme, »du wagst es, deine Mutter zu schlagen?!«

»Du hast dich selber geschlagen, Mutter«, antwortete Herbert. »Es war deine eigene Ohrfeige.«

»Aber sie war für dich bestimmt!« sagte Mutter voller Zorn.

»Hast du den Schmerz verspürt?« fragte Herbert. »Hast du ihn gespürt?«

»Wie kannst du es wagen, so mit mir zu sprechen?!« schimpfte Mutter. »Wie kannst du es nur wagen?!« Und sie griff nach dem Kochlöffel und schlug ihn Herbert über den Kopf. »Welch eine Schande!« rief sie dabei. »Ein Kind schlägt seine eigene Mutter! Welch eine Schande!«

Herbert senkte den Kopf und ließ die Schläge ohne Gegenwehr über sich ergehen, bis die Kraft der Mutter erlahmte. Sie sank auf einen Stuhl, verbarg das Gesicht in den Händen und begann zu weinen.

»Die Schande liegt bei dir«, sagte Herbert leise. »Es ist eine Schande, daß du mich schlägst. Ein Kind braucht Liebe und keine Schläge.«

»Aber ich liebe dich doch, mein Junge!« sagte die Mutter schluchzend. »Ich liebe dich wirklich!«

»Dann mußt du es mir zeigen«, meinte Herbert. »Von

deinen Worten habe ich nichts. Wann hast du mich jemals geküßt, seit Vater tot ist?«

»Ich bin zu müde dazu«, antwortete die Mutter. »Der Tag ist lang und die Arbeit hart. Mein Rücken schmerzt und ich leide häufig unter Kopfweh. Ich bin wirklich zu müde. Das mußt du verstehen.«

»Du bist aber anscheinend nicht zu müde, um mich zu schlagen«, erwiderte Herbert. »Braucht das nicht mehr Kraft?«

Die Mutter schaute Herbert an und schüttelte langsam den Kopf.

»Oh nein, mein Junge, oh nein! Ein Kuß verlangt viel mehr Kraft als ein Schlag!«

»Wenn du mich liebst, dann mußt du diese Kraft aufbringen«, sagte Herbert. »Sonst gehe ich weg von dir. Ich laufe einfach davon.«

Da blickte die Mutter Herbert so erschreckt an, daß ihn Mitleid erfaßte.

»Mutter«, sagte er, »ich liebe dich doch.«

Sie senkte die Augen, schlug sich dann plötzlich mehrmals mit der Faust gegen die Stirn, ging zu Herbert und umarmte ihn weinend. »Verzeih mir, Sohn!« flüsterte sie. »Verzeih mir, bitte! Ich habe alles falsch gemacht! Ja, wirklich, ich habe alles falsch gemacht! Aber von jetzt an wird es anders, das verspreche ich dir!«

Und es wurde anders. Es gab keine Schläge mehr und auch kaum ein Schimpfwort, und am Morgen bekam Herbert einen Kuß mit auf den Schulweg und statt der Ohrfeige ein dickes Wurstbrot, eingehüllt in die silberne Aluminiumfolie.

Schneewittchen

Kind: Jetzt spiel ma Schneewittchen, Papa!

Vater: Na, nit scho wieder! I kann nimmer!

Kind: Du hast's mir versprochen! Heut in der Früh hast du's mir versprochen! Bitte! Einmal noch!

Vater: Also dann! Wer bin i?

Kind: Du bist der Spiegel und i bin die böse Königin.

Vater: Wer iss Schneewittchen?

Kind: Ich. Du bist der Jäger.

Vater: Guat.

Kind: Zuerst mußt von der richtigen Mutter erzählen.

Vater: Es war einmal eine Königin, die saß an einem Winterabend am Fenster und spann Wolle. Der Fensterrahmen war aus schwarzem Ebenholz. Da stach sich die Königin mit der Spindel in den Finger und es fielen drei Tropfen Blut in den Schnee. Es dauerte nicht lange, da bekam die Königin ein Kind. Ein wunderschönes Kind.

Kind: Schneewittchen.

Vater: Schneewittchen hieß das Mädchen. Ihre Stirn war weiß wie Schnee, die Lippen rot wie Blut und die Haare schwarz wie Ebenholz. Leider starb die liebe Mutter bald.

Kind: Ja, leider. Und Schneewittchen bekam eine neue Mutter, eine Stiefmutter, die böse Königin. Die war leider nicht so lieb.

Vater: Und sie war sehr schön und sehr eitel.

Kind: Was ist eitel?

Vater: Sie wollte halt die Schönste sein. Jeden Tag trat sie vor den Spiegel.

Kind als Königin: Spieglein, Spieglein an der Wand,
    wer ist die Schönste im ganzen Land?
Vater als Spiegel: Ihr, Königin, seid die Allerschönste
    im ganzen Land!
Kind als Königin: Da bin ich aber froh!
Vater: So ging es Tag für Tag dahin. Doch inzwischen
    wuchs Schneewittchen heran und wurde immer
    schöner.
Kind als Königin: Spieglein, Spieglein an der Wand,
    wer ist die Schönste im ganzen Land?
Vater als Spiegel: Ihr, Königin, seid wirklich wunder-
    schön. Aber Schneewittchen ist...
Kind: Nicht den Namen sagen! Ich muß fragen!
Vater: Ah so!
Vater als Spiegel: Aber es gibt eine, die ist tausendmal
    schöner als Ihr, hehe!
Kind als Königin: Das gibts nicht! Wer ist das?
Vater als Spiegel: Schneewittchen!
Kind als Königin: Ah, da krieg ich eine Wut! Schneewittchen
    muß sterben! Jäger, bitte komm!
    (*Vater* als Jäger kommt.)
Kind: Du mußt fragen, was los ist!
Vater als Jäger: Majestät, Königin, was wird gewünscht?
Kind als Königin: Du mußt Schneewittchen in den Wald
    bringen und sie umbringen!
Vater als Jäger (empört): Wos? Wos? Wos hör i do?
    Des Schneewittchen umbringa soid i? Wos? Des
    schöne Dirndl? Die Prinzessin soid i umbringa? Ja,
    warum denn des?
    (Das Kind ist ganz eingeschüchtert durch den strengen
    Ton des Jägers, fällt aus der Rolle, blickt verlegen um
    sich, schweigt eine Weile.)
Kind als Königin (leise): Weil ich möcht die Schönste im
    ganzen Land sein.

187

Vater als Jäger (zornig): Na, oiso sowos is ma a no nia untakema! I soi des Schneewittchen umbringa? Ja, Königin, tuat ma des?

(Das Kind senkt eingeschüchtert den Blick, hebt ratlos die Schultern, der Vater lacht auf.)

Vater als Jäger: Aber bitte, Sie sind die Königin, Sie können mir befehlen, was Sie wollen. I muaß alles tun. Also, was soll i jetzt machen?

(Das Kind schaut verlegen.)

Vater als Jäger: Soll i sie umbringen?

Kind: Aber du schießt ein Reh!

Vater als Jäger: Ein Reh? Ahso! Is guat! (Geht vom Kind weg, auf Umwegen wieder zurück.) So, Schneewittchen, griaß di Gott! I bin der Jager, kennst mi eh! Die Königin hat gsagt, i soi mit dir im Woid spaziern geh. Verstehst mi? Wei du bist in der letzten Zeit a bissei blaß. Die frische Luft tuat dir guat, hat die Königin gsagt. Also, jetzt kimm! Ziach dir an Mantel u, nacha gemma. Soda! (Der Vater nimmt das Kind am Arm, geht mit ihm in ein Eck des Zimmers. Das Kind blickt mißtrauisch zu ihm hoch.) So, jetzt samma da, in den königlichen Wäldern!

Kind: Aber du schießt ein Reh!

Vater als Jäger (verlegen): Ja, oiso, hm, des is ma etz sehr peinlich, Schneewittchen, des muaß i scho sagen, gern tua i's nit, aber i bin hoit amoi der königliche Leibjäger, nit wahr, und die Königin hat mir den Befehl gegeben, sozusagen, ich soll dich erschießen und nachher soll ich dir das Herz herausschneiden und soll es ihr bringen als Beweis dafür, sozusagen, daß du tot bist. Schneewittchen, i muaß di jetzt leider umbringa!

Kind: Aber ich bin ja der Zuschauer!

Vater: Was?

Kind: Du sollst das Schneewittchen sein! Alles beides!

Vater: Ja, i bin ja der Jager.

Kind: Aber du kannst ja beides sein.

Vater: Ah so!

Vater als Schneewittchen: Oh, oh, Herr Jäger, bitte bringen Sie mich nicht um! Ich bin noch so jung! Schauen Sie mich an! Das können Sie doch nicht tun! Ein junges Mädchen hinmorden! Ich bitte Sie! Sie haben doch auch ein Herz im Leib!

Vater als Jäger: Ja, also, äh, freilich hab i auch a Herz im Leib, nit. Des is ja logisch, hm... Aber was soll i machen, nit?

Kind: Schießt du halt ein Reh.

Vater als Jäger: Wos soid i?

Kind: Ein Reh schießen und das Herz bringst du der Königin und dann glaubt die böse Königin, das Schneewittchen ist tot.

Vater als Jäger: Ah, des is a guade Idee! Genau, des mach i jetzt, Dirndl! Jetzt paß auf! Äh... Dich laß i jetzt laufen, gell, du gehst da in de Richtung und da hinter die sieben Berge, da wohnen die sieben Zwerge und die wern dir nacha scho weiterhelfen!

Kind: Ja. (Es geht ein paar Schritte weg, setzt sich in einen Stuhl.)

Vater als Jäger: Und i schiaß jetzt a Reh. Paß auf. Ah, da is scho oans. Bumms! Liegt scho da! Is scho hin! Soda! Jetzt schneid i ihm die Brust auf, kratsch, so, Heaschz außer, soda! (Geht zur Tür, klopft.)

Vater: Jetzt bist du wieder die Königin.

Kind: Nein, i bin jetzt des Schneewittchen. I bin bei die Zwerge. Du bist die böse Königin.

Vater: So. Ja, guat.

Vater als Königin: Ja, wer is draußen?

Vater als Jäger: Ja, i war's, der Hannes, der Leibjäger, sozusagen!

Vater als Königin: Ja, kemmen S eina! Also, was is jetzt?

Vater als Jäger: Ja, also, da wär des Heaschz vom Schneewittchen, gell. Weil i hu sie umbrocht, nit. Befehl is Befehl, nit? Eure Majestät hams befohlen und i hu sie derschossen. Is woi schad um des Dirndl, aber Befehl is Befehl! Ich wasche meine Hände in Unschuld, sozusagen. Da hams des Heaschz – und, i moan, wia schauts jetzt aus mit einer Belohnung, ha?

Vater als Königin: Ja, gut. Kriegen Sie halt zweihundert Taler, nicht wahr?

Vater als Jäger: So. Ja. Des is a bissei wenig, gell! Etz paß amoi auf, Königin, was i dir jetzt sag: Woaß der König was davon, ha? Daß i des Schneewittchen abgmurkst hab, ha? Was?

Vater als Königin: Na ja, sagen wir dreihundert Taler.

Vater als Jäger: Ja, sag ma besser fünfe, ha? Fünfe!

Vater als Königin: Na gut. Da hat er seine fünfhundert Taler! Jetzt verschwind er!

Vater als Jäger: Ja, vergelts Gott nacha, gell! Pfiat Ihna, Majestät! Stehe gern wieder zu Diensten! Auf Wiederschaun! (Geht weg, lacht höhnisch.) Hehe! Fünfhundert Taler hats mir geben, die blöde Kuah! Hehe!

Kind: Was? Was hast du gsagt?

Vater als Königin: Ahhh! Jetzt ist Schneewittchen endlich tot! Ah, ist das eine Freude!

Kind als Schneewittchen: Ich bin jetzt zu Hause bei die sieben Zwerge!

Vater als Königin: Spieglein, Spieglein an der Wand, wer ist die Schönste im ganzen Land?

Vater: Du mußt das Spieglein sein!

Kind: Du mußt alles sagen. Du alles.

Vater als Spiegel: Ihr, Königin, seid die Schönste hier! Aber es gibt eine, hinter den sieben Bergen, bei den sieben Zwergen, die ist tausendmal schöner als Ihr!

Vater als Königin: Was? Was? Wer ist das?

Vater als Spiegel: Schneewittchen ist das!

Vater als Königin: Was, die lebt? Die lebt? Ahhh! Also hat mich der Jäger betrogen! Jäger! Jäger! Hallo! Wache! Wache!

Vater als Wächter: Ja, was gibts denn, Majestät?

Kind: Nein, ich bin der Jäger.

Vater als Königin: Bring mir sofort den Jäger!

Vater als Wächter: Den Jager? Der Jager is nimmer da. Der is davongritten auf an Roß, grad vor zehn Minuten is er weg.

Vater als Königin: Ah, ist er geflohen, der Schlingel! Aber Schneewittchen soll mir das büßen! Sie entkommt mir nicht! Ich verkleide mich als altes Weib...

Kind: Na, jetzt mußt den Jäger rufen!

Vater: Der Jäger is geflohen, der is schon weg.

Kind: Aber ich bin der Jäger!

Vater als Königin: Jäger, komm sofort herein!

Kind als Jäger (tritt auf): Majestät, was ist los?

Vater als Königin: Ich habe dir befohlen, Schneewittchen zu töten! Du hast es nicht getan! Warum nicht? (Das Kind schaut verschüchtert.) Antworte mir gefälligst!

Kind als Jäger (leise): Weil das nicht lieb ist.

Vater als Königin (schreit): Lieb? Nicht lieb? Das ist mir doch wurscht! Ich bin nicht lieb! Ich bin die böse Königin und ich möchte die schönste Frau sein auf der ganzen Welt! Ich lasse dich erschießen!

Kind: Aber jetzt geht der Jäger wieder! (Geht schnell weg.)

Vater als Königin: Bleib hier! Bleib hier! (Das Kind läuft aus dem Zimmer, versteckt sich am Gang.) Wache! Wache! Wache!

Vater als Wächter: Ja, was is, was gibts, Königin?

Vater als Königin: Haltet den Jäger auf, er versucht zu fliehen!

Kind als Jäger: Die finden mich aber nicht!

Vater als Wächter: O mei, der is scho weg, der Jager! Schauns, da unten beim Burgtor is er scho aussigritten! Jetzt is er über die Zugbrücken, den derwisch ma nimmer!

(Das Kind lugt bei der Tür herein.)

Vater als Königin: Saubande, verdammte! So, jetzt verkleid ich mich aber als altes Weib und gehe zu Schneewittchen! Ich werde sie...

Kind (kommt herein): Als junges Weib!

Vater als Königin: ... vergiften!

Kind: Als junges Weib!

(Der Vater klopft an die Tür.)

Kind: Herein!

Vater als Königin als altes Weib: Ja, Grüß Gott, Hallo! Ist jemand zu Hause?

Kind: Ja.

Vater als Königin als altes Weib: Wer bist du denn, schönes Mädchen?

Kind: Nein, ich bin ein Zwerg!

Vater als Königin als altes Weib: Oh! Und wo ist Schneewittchen?

Kind als Zwerg: Die ist weg!

Vater als Königin als altes Weib: So! Wann kommt sie denn wieder?

Kind als Zwerg: Sie kommt nie mehr wieder!

Vater als Königin als altes Weib: Nie mehr? Gar nie mehr?

(Das Kind schüttelt grinsend den Kopf.)

Vater als Königin: Ahhh! Ich könnte mich vor Wut zerreißen! Ich will sie doch vergiften! Wo kann ich sie denn finden?

Kind als Zwerg (triumphierend): Ich hab sie versteckt! Ich hab sie versteckt!

(Der Vater ist nicht einverstanden, daß die Geschichte

192

einen so unvorhergesehenen Gang nimmt. Schließlich muß das Märchen, wie es sich gehört, zu Ende gespielt werden.)

Vater als Königin als altes Weib: Hallo, schönes Kind!

Kind als Zwerg: Nein, nein! Ich bin nicht Schneewittchen, ich bin ein Zwerg, ich habs dir doch schon dreimal gesagt!

(Pause. Der Vater überlegt, klopft dann an die Tür.)

Vater als Schneewittchen: Ja, wer ist draußen?

Vater als Königin als altes Weib: Ich bins. Ein armes, altes Weib!

Kind: Nein, ein junges Weib!

Vater als Schneewittchen: Was willst du?

Vater als Königin als altes Weib: Ich habe, ich habe Kämme zu verkaufen! Schöne Kämme! Schildpattkämme! Für schöne, junge Mädchen!

Vater als Schneewittchen: Tut mir leid, alte Frau, ich kann dich nicht hereinlassen! Die Zwerge haben es mir verboten!

Kind: Es ist zu gefährlich!

Vater als Königin als altes Weib: Ja, warum denn? Ich tu dir nichts! Ich bin ja nur ein armes, altes Weib!

Kind: Nein, ein junges.

Vater als Königin als junges Weib: Ich bin ein armes, junges Weib! Hab keine Angst!

Vater als Schneewittchen: Also gut, ich mach dir auf, komm herein!

Kind: Oi je!

Vater als Königin als junges Weib: Na, siehst du! Schau nur, ich schenk dir diesen Kamm! Ein ganz besonderer Kamm! Gefällt er dir nicht?

Vater als Schneewittchen: O ja, der ist schön! Wunderschön! Ich nehm ihn gern! Danke vielmals, junges Weib!

Vater als Königin als junges Weib: Nichts zu danken, nichts zu danken, hehe! Aufwiedersehen, schönes, junges Mädchen!

Vater als Schneewittchen: Oh, ist das ein schöner Kamm! Den steck ich mir jetzt gleich ins Haar! (Tut es, beginnt zu schwanken.) Oh! Oh! Wie ist mir! Oh! (Sinkt zu Boden.)

(Das Kind kommt als Zwerg dahermarschiert, ein fröhliches Lied auf den Lippen.)

Kind als Zwerg: Taramtatam, taramtatam, taramtatamtatam! Oh! Was ist das? Schneewittchen! Schneewittchen! (Rüttelt Schneewittchen, der Kamm fällt aus den Haaren.)

Vater als Schneewittchen (erwacht): Oh, ein Zwergel! Was war denn los? Was war denn, Zwergel?

Kind als Zwerg: Ich bin der kleine Zwerg. Der kleine, rote Zwerg.

Vater als Schneewittchen: Was ist denn passiert mit mir?

Kind als Zwerg: Das war die böse Königin, als junges Weib verkleidet! Sie hat dir einen vergifteten Kamm geschenkt!

Vater als Schneewittchen: Nein, sowas! Das war aber gar nicht nett!

Kind als Zwerg: Weil sie halt bös ist. Jetzt muß ich aber eine Medizin holen und eine Spritze.

Vater als Schneewittchen: Ja, bitte. Für den Kreislauf.

Kind als Zwerg: Eine Medizin und eine Spritze.

(Das Kind holt ihren Arztkoffer und entnimmt diesem eine Spritze, einen Legobaustein und einen Plastikhammer.)

Kind als Zwerg: So, da is amal der Hammer zum Knie raufhaun! (Schlägt auf Schneewittchens Knie, die Beine schlagen aus.) So, da hast du eine Medizin, Mund auf! (Schneewittchen lutscht am Legobaustein.) Jetzt die Spritze! (Das Kind drückt dem Schneewittchen die Spritze in den Bauch.)

Vater als Schneewittchen: Oh! Au weh!

Kind als Zwerg: Jetzt gehts dir wieder besser!

Vater als Schneewittchen: Ja, wunderbar! Jetzt laß ich aber niemand mehr herein!

Kind als Zwerg: Ja! Und wenn nochamal die Königin kommt, dann, dann schneid ich ihr alles auf, den Bauch, den Hals, den Kopf, die Augen, den Mund und die Ohren und die Haare und die Füße und die Beine und die Arme!

Vater als Schneewittchen: Ja! Ja! Bitte!

Vater: Und inzwischen war die Königin wieder heimgekommen, stellte sich vor den Spiegel und fragte:

Kind als Zwerg: Aber, aber böse Königin, ich werd dich gleich erwischen!

Vater als Königin: Spieglein, Spieglein an der Wand, wer ist die Schönste im ganzen Land?

Kind: Nein, nein, wir tun nur einmal den Spiegel fragen! Jetzt nimmer!

Vater als Spiegel: Ihr, Königin, seid die Schönste hier, aber Schneewittchen hinter den sieben Bergen...

Kind: Nicht den Namen sagen!

Vater als Spiegel: ... bei den sieben Zwergen ist tausendmal...

Kind (verärgert): Nicht den Namen sagen! Nicht den Namen sagen, hab ich gesagt! Wir tun nur einmal Spieglein an der Wand sagen! (lächelnd) Böse Königin, wir erwischen dich gleich!

Vater als Königin: Aber ich muß doch noch den vergifteten Apfel bringen! Dann ist es erst soweit!

Kind als Zwerg: Aber böse Königin, ich erwisch dich gleich! (Streckt die Arme aus, will die Königin fangen.)

Vater als Königin: Nein, du erwischst mich nicht! Der Apfel, zuerst kommt der Apfel! Das Märchen ist noch nicht aus! Ich bestehe auf dem Apfel!

Kind: Aber ich tu ihn vergiften! Ich hol einen! (Rennt in die Küche, holt einen Apfel, bleibt unvermittelt in der Tür stehen.) Ich muß Lulu, ich muß Lulu!

Vater: Ja, dann geh! Laß den Apfel da!

Kind: Aber ich tu ihn vergiften!

Vater: Ja, ja.

(Das Kind übergibt dem Vater den Apfel, verschwindet im Klo.)

Kind: Mit der Spritze vergift ich den Apfel!

Vater: Ja, gut. (Schaltet den Fernseher ein. Sportbericht aus Sarajevo. Das Kind kommt herein, zieht die Strumpfhose hinauf.)

Kind: Fernseher ausschalten!

Vater: Jawohl!

(Vater schaltet den Fernseher aus, das Kind drückt die Spritze in den Apfel.)

Kind: So! Du mußt ihn mir geben. Wo gelb ist, da ist er nicht vergiftet, auf der anderen Seite ist er vergiftet. Auf der roten.

(Vater nimmt den Apfel, klopft als Königin als altes Weib.)

Kind als Schneewittchen: Wer ist draußen?

Vater als Königin als altes Weib: Ein armes, altes Weib!

Kind: Ein junges Weib!

Vater: Wieso denn junges Weib? Die Königin verkleidet sich doch als altes Weib!

Kind: Wir spielen das ja anders!

Vater als Königin als junges Weib: Hallo! Ist jemand daheim? Hier spricht ein junges Weib!

Kind als Schneewittchen: Was willst du?

Vater als Königin als junges Weib: Ich hätte schöne Äpfel zu verkaufen!

Kind als Schneewittchen: Ich mag keine Äpfel!

Vater als Königin als junges Weib: Was?

Kind als Schneewittchen: Ich mag lieber Dany plus Sahne von Danone!

Vater als Königin als junges Weib (lacht): Ich hab aber leider nur Äpfel! Gute, frische, gesunde Äpfel!

Kind als Schneewittchen: Im Kühlschrank ist ein Dany plus Sahne!

Vater: Na, na, heut nimmer! Du hast schon eins ghabt! Morgen wieder!

Kind als Schneewittchen: Dann laß ich dich aber nicht herein, junges Weib!

Vater: Du Luaderle, du raffinierts!

Kind (singt): Dany plus Sahne von Danone!

Vater: Ausnahmsweise!

Kind: Ich hols, ich hols! (Rennt in die Küche, kommt mit dem Creme-Becher und einem Löffel zurück.) Wo ist die Spritze?

Vater: Da!

(Das Kind öffnet den Becher, drückt die Spritze in die Schokocreme, gibt Vater den Becher.)

Kind: So, da hast du, junges Weib!

Vater als Königin als junges Weib: Hallo! Ich bin ein junges Weib und hab hier ein wunderbares Dany plus Sahne mit Verdickungsmittel und künstlichem Farbstoff!

Kind als Schneewittchen: Ich darf dich nicht hereinlassen, haben die Zwergeln gesagt. Aber einmal darfst du noch.

(Der Vater überreicht dem Kind die Creme, es beginnt zu essen.)

Kind als Schneewittchen: So, jetzt kannst du wieder gehen.

Vater als Königin als junges Weib: Aufwiederschaun, Schneewittchen! Laß es dir schmecken, hehe! (Vater geht ein paar Schritte weg, schaut zum Kind zurück.) Jetzt mußt aber tot umfallen!

Kind: Gleich. Unten ist es vergiftet! (Das Kind ißt, fällt plötzlich um, liegt bewegungslos.)

Vater als Zwerg (singt): Taramtatam, taramtatam, taramtatamtatam! Oh! Um Gottes Willen! Unser Schneewittchen! Jetzt liegt sie schon wieder tot am Boden! (Rüttelt sie.) Schneewittchen! Schneewittchen!
(Ein wenig Schokocreme rinnt aus dem Mundwinkel des Kindes, es regt sich, öffnet die Augen, richtet sich auf.)

Vater als Zwerg: Gottseidank! Was ist denn passiert, Schneewittchen?

Kind als Schneewittchen (mit schwacher Stimme): Die böse Königin, sie hat mir ein Dany plus Sahne gegeben, das war vergiftet!

Vater als Zwerg: Aber wir haben dir doch gesagt, du sollst niemanden hereinlassen!

Kind als Schneewittchen: Aber das schmeckt so gut! (Sie ißt weiter.)

Vater als Zwerg: Nicht! Das ist doch vergiftet!

Kind als Schneewittchen: Ah, das macht nix! Das Gift ist schon weg! (Ißt die Creme genußvoll fertig.)

Vater: Na, dann ist ja alles gut ausgegangen! Jetzt schau i, ob heut der Abfahrtslauf gwesen is.

Kind als Zwerg: Aber zuerst müssen wir die böse Königin erwischen! Ich bin die Zwergeln! Jetzt hab ich dich!

Vater als Königin: Das werden wir noch sehen!
(Sie laufen im Zimmer herum.)

Kind als Zwerg: Ich erwisch dich! Ich erwisch dich!

Vater als Königin: Ah, Hilfe! Das gibts nicht! Hilfe! Ich stürze ab! Ich stürze in den Abgrund! Ohhhh!

Kind als Zwerg (lacht silberhell auf): Schneewittchen! Schneewittchen! Wir haben die böse Königin, die böse Königin ist vom Felsen runtergefallen!

Vater als Schneewittchen: Ah, bin ich froh! Dann wird sie nicht mehr versuchen, mich umzubringen!

Kind: (vergnügt): Weil sie tot ist!

Vater als Schneewittchen: Mei, bin i froh!

Kind: I bin auch froh!

Vater: Und damit ist die Geschichte aus...

Kind:... und die Maus geht nach Haus!

(Beide klatschen in die Hände.)

Der Schnaggl

Das Kind kommt gerannt, hat einen Schluckauf.

»Papa, hick, Papa, ich hab einen, wie heißt das?«

»Schnaggl!«

»Ich hab das! Einen Schnaggl! Du mußt mich erschrecken! Hick!«

»Wieso erschrecken?«

»Die Mama hat gesagt, da geht er weg, der Schnaggl!«

»Da! Schau! Eine Spinne!«

»Wo? Hick!«

»Nirgends! Ich wollte dich nur erschrecken!«

»Ich bin aber, hick, nicht erschreckt! Noch einmal!«

»Dreh dich um! Nicht schaun! — Buh!«

»Nicht erschreckt!«

»Ja, das ist nicht so einfach! Du bist ja drauf gefaßt!«

»Was ist gefaßt?«

»Du weißt, daß ich dich erschrecken will. Geh in dein Zimmer. Ich komm dann und erschreck dich.«

»Aber bald! Das ist so lästig!«

Das Kind geht in sein Zimmer, wartet, wird vom Schluckauf geplagt.

»Papa, jetzt komm doch!«

Der Vater meldet sich nicht.

»Papa! Hick! Kommen! Papa! Hörst du nicht?«

Der Vater meldet sich nicht, das Kind kommt verärgert aus seinem Zimmer, sucht den Vater.

»Papa! Wo bist, hick, du denn? He! Ja, du mußt was sagen! Ich sag auch immer was, wenn, hick, du fragst! Hardigatti! Wo ist er denn? Herrgottmalschaft, muß ich mich ärgern! Hick!«

Der Vater springt hinter einer Tür hervor.

»Buh!«

Das Kind erschrickt furchtbar.

»Jetzt hast du mich aber erschreckt!«

»Ja, das wolltest du doch!«

Das Kind beginnt zu weinen. »Aber nicht so fest! Ich bin ganz furchtbar erschreckt! Ganz furchtbar!«

»Das tut mir leid! Entschuldige, Schatzl! Aber der Schnaggl ist jetzt weg, nicht?«

»Aber du mußt mich doch nicht so fest erschrecken! Die Mama hat mich auch nicht so fest erschreckt!«

»Ja, bitte, dann laß dich in Zukunft von der Mama erschrecken!«

»Buh!«

»Was?«

«Ich wollt dich erschrecken! Bist du nicht erschreckt?«

»Nein.«

»Geh in die Küche und tu was!«

Der Vater geht in die Küche, setzt sich hin, liest die Zeitung.

Das Kind ruft von draußen: »Du mußt mich suchen!«

Der Vater geht hinaus und sucht. »Wo bist du denn? Ja, wo ist sie denn, wo kann sie denn sein?«

Das Kind springt hinter der Tür hervor. »Buh!«

Der Vater fällt um vor Schreck, das Kind — noch die Tränen auf den Wangen — hüpft lachend um ihn herum.

Das Hasi

Der Vater schaut fern. Das Kind will spielen: »Bitte, Papa! Schneewittchen! Du bist die böse Königin, ich bin das Schneewittchen.«

Der Vater: »Geh, laß mich Nachrichten schaun!«

Das Kind: »Einmal noch! Du bist der Spiegel und der Jäger und ich bin die Zwergeln!«

Der Vater: »Ich will Nachrichten schaun! Jeden Tag um dieselbe Zeit will ich Nachrichten schaun. Verstehst du das nicht? Laß mich in Ruh!«

Das Kind verzieht sich, kommt nach einer Weile mit einem leeren Joghurtbecher zurück.

»Schau, Papa, ich hab ein Hasi gefunden!«

Kurzer Blick vom Vater. »Ja, fein.«

Das Kind reicht ihm den Becher. »Tu's streicheln.«

Der Vater nimmt den Becher, behält ihn achtlos in der Hand, starrt zum Fernseher.

»Streicheln!«

Der Vater läßt den Becher fallen. Das Kind schaut empört, stürzt zum Becher, hebt in sachte auf, birgt ihn an der Brust.

»Du hast mein Hasi weggeschmissen!«

»Was?«

»Du hast mein Hasi weggeschmissen!«

Der Vater schaut auf den Becher. »Das ist ein Hasi?«

»Ja! Mein armes Hasi?«

»Entschuldige. Das hab ich nicht gewußt.«

»Ich hab's dir gesagt! Das arme Hasi! Es hat sich den Fuß gebrochen! Hörst du, wie es jammert?«

»Das tut mir leid. Entschuldige, Hasi.«

»Das sag ich aber der Mama, wenn sie heimkommt!«

»Geh, laß mich fernsehen!«

»Der Fuß ist gebrochen! Schau doch!«

»Aber wo! Nur ein bissel verstaucht! Gell, Hasi?«

»Gebrochen!«

»Gell, Hasi, nur ein bissel verstaucht! Hast du gehört? Das Hasi sagt, es ist schon wieder gut!«

»Es ist nicht gut! Das Hasi weint!«

»Das Hasi weint nicht mehr!«

Das Kind weint. »Das Hasi weint! Böser Papa! Böser Papa! Da, schau, der ganze Fuß ist auseinandergebrochen!«

»Geh, laß mich doch in Ruh' mit deinem blöden Becher!«

Das Kind weint noch mehr. »Das ist kein blöder Becher! Das ist mein Hasi!«

»Ja, von mir aus ist es halt dein Hasi. Aber der Fuß ist nicht gebrochen! Es ist schon wieder gut!«

»Nix ist gut! Ich muß in die Klinik mit dem Hasi!«

»Ja, dann verschwind!«

»Tü-ta, tü-ta, jetzt sind wir in der Klinik. Du bist der Arzt.«

»Ich bin kein Arzt! Ich will Nachrichten schaun! Bitte!«

»Komm, Hasi, war fahren in eine andere Klinik, wo ein lieber Arzt ist!«

»Also gut. Komm her, Hasi! Was ist denn passiert?«

»Der böse Papa hat das Hasi auf den Boden geschmissen! Da war der Fuß kaputt!«

»So? Das war aber nicht lieb von deinem Papa! Gar nicht lieb! Da muß ich ihn leider bei der Polizei anzeigen!«

»Bei der Polizei? Nein, nein, brauchst du nicht. Er hat geglaubt, das ist ein Joghurtbecher.«

»So? Merkwürdiger Papa! Verwechselt ein Hasi mit einem Joghurtbecher! So, Verband herum . . . Alles wieder in Ordnung! Vierzehn Tage liegen.«

»Danke, lieber Arzt! Jetzt darfst du Nachrichten schaun.«

»Jetzt sind die Nachrichten aus!«

»Dann spielen wir Schneewittchen! Der Becher ist meine Krone!«

Die Gutenachtgeschichte

Das Kind liegt im Bett, der Vater sitzt bei ihm.
»Erzählst du mir noch eine Geschichte?«
»Ich bin müde.«
»Ganz eine kleine! Eine winzig kleine!«, zeigt es mit zwei Fingern.
»So klein!«
»Ich bin müde, mir fällt nichts ein.«
»Immer fällt dir nichts ein! Aber schreiben tust schon immer so viel!«
»Ja, deswegen fällt mir dann oft nichts mehr ein!«
»Tun wir wenigstens kuscheln?«
Der Vater legt sich zum Kind, das Kind bohrt in der Nase.
«Bohr doch nicht immer so fest in der Nase! Sonst bekommst du Nasenlöcher wie eine Kuh!«
»Wirklich?«
»Ja, wirklich!«
»Dann geh ich zum Bauern auf die Wiese, was sagt dann die Kuh?«
»Grüß Gott, sagt sie, du hast ja so große Nasenlöcher wie ich!«
»Dann zieh ich mir ein Kuhfell an, und die Kuh glaubt dann, ich bin auch eine Kuh! Was sagt sie dann?«
»Muh-Kuh! Muh-Kuh!«
»Nein, nicht Muh-Kuh! Muh! Muh! sagen die Kuhs!«
»Kü-he!«
»Nein, nicht Kü-he, Küe heißt das! Und dann geht die Kuh mit mir nach Hause! Was sagt dann der Bauer?«
»Dem geht die Kuh ab, der sucht sie mit dem Hund!«

»Nein, der sucht sie nicht, der hat eh so viele, das macht nichts! Und zu Hause tu ich mit ihnen spielen und sie melken, dann machen wir einen Milchreis und geben ihr auch einen Milchreis und sagen: Schau, Kuh, der Milchreis ist aus deiner Milch gemacht!«

»Aber Heu kriegt sie auch.«

»Nein, leider, haben wir nicht. Aber ich geh mit ihr auf den Spielplatz, da ist ein Gras. Und dann kriegt sie den großen Kübel und ich den kleinen, dann spiel ich mit ihr. Was sagen dann die Leute?«

»Da werden die Leute staunen.«

»Dann kann sie bei mir schlafen und ich erzähl ihr eine Gutenachtgeschichte. Erzählst du mir auch eine Gutenachtgeschichte?«

»Ich kann leider nicht so gut Geschichten erzählen wie du. Jetzt schlaf. Heute hast du mir eine Geschichte erzählt, morgen erzähl ich dir wieder eine.«

»Erzählst du mir, wie ich auf dem Spielplatz mit der Kuh spiele? Wie ich mit ihr bei der Rutsche herunterrutsche? Und wie sie auf der Schaukel sitzt und ich schupf sie an und sie lacht so lustig? Erzählst du mir das?«

»Ja, das erzähl ich dir. Gute Nacht, schlaf gut.«

»Gute Nacht, Papa!«

Buchausgaben von Stücken Felix Mitterers im Haymon-Verlag, Innsbruck

SIBIRIEN
Ein Monolog
12 x 20,5 cm, 80 Seiten, Leinen mit Schutzumschlag

EIN JEDERMANN
12 x 20,5 cm, 96 Seiten, Leinen mit Schutzumschlag

MUNDE
Das Stück auf dem Gipfel. Mit einem Tagebuch des Autors und Fotos von Sepp Dreissinger
16 x 24 cm, 96 Seiten Text und 48 Bildseiten mit 90 Fotos, broschiert

KEIN SCHÖNER LAND
Ein Theaterstück und sein historischer Hintergrund. Mit Beiträgen von Hans Thöni und Gretl Köfler
14 x 21 cm, 176 Seiten, 7 Abbildungen, broschiert

DIE KINDER DES TEUFELS
Ein Theaterstück und sein historischer Hintergrund. Mit Beiträgen von Heinz Nagl, Norbert Schindler und Meinrad Pizzinini
14 x 21 cm, 160 Seiten, broschiert